ÉDOUARD ROD

LE

SENS DE LA VIE

Io vi diro del cor la novitate,
Come l'anima trista piange in lui...
(Dante).

Ouvrage couronné par l'Académie française : Prix de Jouy

TRENTE-TROISIÈME ÉDITION

*Librairie académique PERRIN et C*ⁱᵉ.

LE
SENS DE LA VIE

Io vi diro del cor la novitote,
Come l'anima trista piange in lui...
(DANTE.)

N.-B. — Tous les ouvrages publiés à Paris par les Librairies Perrin ou Fasquelle appartiennent, pour la Suisse, à MM. PAYOT ET Cie, à Lausanne.

Pour les droits de traduction, s'adresser exclusivement aux éditeurs PERRIN ET FASQUELLE.

LE
SENS DE LA VIE

PAR

ÉDOUARD ROD

OUVRAGE COURONNÉ PAR L'ACADÉMIE FRANÇAISE : PRIX DE JOUY

PARIS

LIBRAIRIE ACADÉMIQUE

PERRIN ET Cⁱᵉ, LIBRAIRES-ÉDITEURS

35, QUAI DES GRANDS-AUGUSTINS, 35

1926

LE SENS DE LA VIE

LIVRE PREMIER

MARIAGE

I

Nervi, octobre.

Nous sommes las de l'Italie, des villes, des monuments historiques, des musées, des tombeaux et des églises, las des merveilles qu'on trouve marquées d'astérisques dans les guides, las d'être accaparés par les cicérone et sans cesse distraits de nous-mêmes par tout ce qu'il faut admirer. La fatigante chose que le génie de l'homme ! Il s'est consumé en

efforts pour décorer ces cloîtres, pour peu-
pler ces chapelles, pour garnir ces galeries
où l'on a conservé le résidu de trois civilisations ; et après deux mois passés autour de
ces chefs-d'œuvre, on trouve en somme que
les plus sublimes d'entre eux ne valent pas
la plus humble idée qui germe dans notre
propre cerveau, le plus léger sentiment qui
fait palpiter une minute notre propre cœur.
Oui, ces statues, ces fresques, ces tableaux,
tout figés qu'ils sont dans leur immortalité,
sont morts bien réellement. Admirables tant
qu'on voudra, inimitables, uniques : ils fati-
guent pourtant, on les fuit, il y a mieux à
faire qu'à les contempler.

Et nous nous sommes réfugiés dans cette
tranquille station d'hiver que les étrangers
n'encombrent pas encore, bien décidés à ne
pas voir Gênes, qui est à deux pas, avec ses
palais et son *campo santo*. A vrai dire, je
n'aime guère ce ciel implacablement bleu,
qui semble étendre sur la mer une teinte
d'immuable satisfaction ; cette mer elle-

même est trop placide et trop uniforme : je
pense avec nostalgie aux horizons chan-
geants, aux vols d'oiseaux, aux vents plus
vifs de l'Atlantique. Les basses montagnes
et la ligne arrondie des côtes ajoutent encore
à cette impression de gaieté claire que laisse
toujours la nature du midi; mais cette impression, qui me blesse comme un disparate
dans la vie ordinaire, m'est douce au cœur
en ce moment. Je jouis de la tiédeur de
ce soleil, de la paix de cette plage, de la
gamme des bleus répandus à l'horizon;
cette harmonie aux éclats un peu vifs me
semble accompagner comme une joyeuse
fanfare le chant plus doux que mon être
chante en sourdine.

Vraiment, je ne me figurais point ainsi le
« Voyage de noces ». Il m'apparaissait
comme une ennuyeuse corvée, pleine d'embarras et de gêne. Quel accord amical peut
donc exister entre deux êtres qui se trouvent brusquement arrachés à leurs milieux
respectifs, seuls en vis-à-vis l'un de l'autre

avec au fond d'eux-mêmes cette méfiance que
l'amour atténue et ne détruit pas, commen-
çant à s'examiner et à se découvrir récipro-
quement leurs faiblesses, leurs préjugés,
leurs désaccords, leurs défauts ? Je connaissais
ma fiancée mieux qu'on ne se connaît d'habitude avant le mariage ; mais, tout en l'aimant,
je redoutais d'apercevoir en elle, dès l'entrée dans la vie commune, quelque repli qui
m'aurait déplu ; et je pensais aussi que jamais
je n'oserais me montrer à ses yeux tel que je
suis, dans le plein abandon de la confiance. Je
redoutais des surprises : quel meilleur moyen
que le premier voyage, pensais-je avec inquiétude, pour mettre brusquement en lumière les coins obscurs des caractères, et
quelles déceptions réservent ces heures où
l'on apprend à n'avoir rien de caché l'un
pour l'autre !

Eh bien, contre mon attente, l'intimité
est facile et douce. Elle vient s'installer en
nous avec des gradations imperceptibles,
favorisée par ces souffles tièdes de la mer,

par ces bleus amicaux de l'espace ; chaque
jour un peu plus étroite, elle nous empri-
sonne dans ses filéts, et déjà ses filets nous
sont chers. A travers les villes, nous nous
sommes souvent rencontrés dans nos admi-
rations et dans nos sympathies : nos yeux se
sont plus d'une fois cherchés après être restés
fixés un temps égal sur la même toile ; nous
avons eu des silences où chacun entendait
clairement ce que l'autre pensait. Nous avons
commencé à éprouver ensemble la fatigue
de regarder même les choses préférées,
même les Primitifs que nous aimons tous
deux ; et quand je me suis décidé à pro-
poser la retraite, je savais d'avance que
mon offre prévenait un désir. Ici, nous nous
promenons ensemble sans ennui, sans fatigue, silencieux quand il le faut, regardant
dans nos cœurs qui sont près l'un de l'autre et heureux de ce que nous trouvons
en nous-mêmes. Les heures s'envolent,
les jours passent, nous ne nous lassons pas
l'un de l'autre, notre isolement ne nous est

point à charge. Et je me surprends à adresser au temps la vieille et inutile prière de s'arrêter un peu. Pourquoi rentrer dans la mêlée?
Laissons couler les jours, comme ces flots
bleus inutiles et sonores; laissons nos âmes
s'endormir ensemble dans cette paix qui nous
pénètre! Tout ce que la vie pourra nous
donner dans la suite, — fortune faite, ambitions réalisées, succès, ces hochets des
grands enfants qui sont les hommes —, cela
vaudra-t-il jamais cette jouissance étroite et
si sereine où nous nous oublions à présent?
Les spectacles nouveaux qui nous attendent
vaudront-ils celui de cette mer où nous mi-
rons nos âmes? Hélas! loin de là! Il faudra
que ses yeux clairs, ignorants et bons, s'ac-
coutument aux aspects des hommes et découvrent peu à peu le monde dont ils n'ont
vu jusqu'à présent que les facettes trompeu-
ses. Tandis qu'aujourd'hui nous nous bor-
nons l'un à l'autre notre horizon, il faudra
que des images étrangères se glissent entre
nous, que nous soyons séparés par les tra-

cas des occupations, que le tourbillon de la vie roule nos deux destinées liées ensemble à travers des rivages inconnus... Mon plus cher désir est de la rendre heureuse ; qui sait les douleurs que je lui infligerai!... Je n'avais pas encore songé que lorsqu'on est deux, les mauvaises chances augmentent de moitié, qu'il faut redouter deux fois ce qu'on ne redoutait qu'une, et d'autres dangers encore, que l'avenir renferme un nombre double d'angoissants inconnus... Pourquoi ces mauvaises pensées me prennent-elles parfois, pendant nos silences? Les connaît-elle aussi? Est-ce qu'elle me les cacherait comme je les lui cache?... Ou bien ne sont-elles qu'un jeu nouveau de cette imagination que je me connais et qui m'a si longtemps tourmenté? Pourtant, j'ai juré que je secouerais son règne; le temps est passé, où je pouvais me creuser stérilement le cœur: je veux aimer, je veux agir. J'ai chassé les fantômes de mon ancienne vie, et s'ils changent de forme pour tromper la surveillance que j'exerce autour de moi-même, je

saurai bien les chasser encore. En avant donc,
et qu'une ère nouvelle date pour moi du
jour où j'ai vaincu toute hésitation et toute
crainte pour m'oublier moi-même... !

II

Nervi, octobre.

O pauvre amie, toi qui t'es sincèrement et
naïvement donnée et me crois tien, tu ne
soupçonnes pas la dure conquête qu'il te
reste à faire ! Sans doute, quand tu regardes
vers l'avenir, tu te dis que notre jeune amour
est déjà un rempart assez fort pour nous être
un commun refuge, et dans ta tranquille
confiance tu ignores les ennemis qui nous
menacent. Ici, dans cette paix, je suis tout
près de toi : les journées sont brèves, les heures délicieuses, la mer toujours bleue nous
berce de ses sereines harmonies, nous sommes isolés dans les quelques jours qui nous
appartiennent, et nous nous abandonnons à

nos enchantements sans penser que le moment approche où il faudra quitter cette oasis de notre existence. Mais là-bas, dans cette grande Ville où tu te laisses emmener sans une crainte, des orages que tu ignores passeront sur nous. La vie du cœur ne peut se développer à l'aise que dans le calme et le loisir : au milieu de la fièvre, du travail, du calcul, de l'action, où trouver le temps des douces rêveries à deux sans lesquelles les âmes ne savent plus s'entendre? Comment éviter les vulgaires préoccupations qui vous absorbent, les médiocres soucis qui vous dessèchent, tous ces honteux tracas dont on rougit d'avoir la tête pleine et qui pourtant ne vous quittent jamais? Et puis, il faudra que tu me reprennes à mes habitudes : j'aime les foules et la nuit; j'aime le boulevard avec tout ce qu'il roule; j'aime, par les soirs d'été, les longues stations sur la terrasse des cafés; j'aime, en hiver, la chaleur humide de ces salles où toutes sortes de mauvaises passions vous frôlent comme des caresses. Oui, toutes

ces choses, je les maudis, — mais je les aime :
comment m'en détacheras-tu ?

Encore s'il n'y avait que ces ennemis du
dehors, tu les chasserais sans doute, comme
le jour chasse la nuit. Mais ils ont mon
cœur pour complice : mon cœur n'est point,
comme tu le crois, un miroir paisible où se
réfléchit ton image ; il est un fond de mer
troublé, — boueux parfois, — et des monstres
l'habitent. Il a de basses ambitions qui étouffent les sentiments purs, comme les herbes
aux racines tenaces étouffent les fleurs ; il est
dévoré par cette soif de réussir que Paris exa-
cerbe et que n'apaisent plus que d'étranges
poisons, il a des curiosités blasées qui l'en-
traîneront par bonds loin de toi, et qui sait
si un jour il n'aura pas soif de tes larmes !...
Je le soupçonne : un duel va s'engager entre
la Ville et toi. Vous me voudrez toutes les
deux comme deux maîtresses rivales : toi,
pour m'aimer et me rendre bon ; elle, pour
me vider l'âme au profit de ses vains
mirages. Sa voix m'enfiévrera les veines,

et ton amour sera toujours à portée de mes
lèvres comme un fruit rafraîchissant. Elle me
criera ses impérieux conseils de luttes et
d'ambitions; tu me diras, toi, que le but est
atteint quand on a l'amour. Qui l'emportera,
elle ou toi? Elle me tient par toutes les
fibres cachées de mon être; par les images
qu'avec son art de magicienne elle évoque
devant mes yeux, par les venins qu'elle m'a
inoculés, et toi, tu n'as pour armes que ton
sourire et ta bonté,...

Ce n'est pas tout encore. Si tu t'empares de
ce Moi, que les circonstances ont ainsi pétri,
tu trouveras demain un autre Moi, plus dangereux peut-être, parce qu'il se plaît à se contempler sans cesse, à déchirer ses sentiments
dans un jeu cruel, à suivre ses pensées jusqu'au bout de leurs courses impitoyables :
un Moi raisonneur, despote et douteur, que
tu ignores et qui se connaît, un Moi que je
redoute tant, que je le vois d'avance piétinant sur notre bonheur d'aujourd'hui, tour-
mentant mon amour et le tien comme un

féroce tortionnaire qui s'appliquerait à lui-même ses roues et ses brodequins. Oh ! si tu connaissais, comme je le connais, le passé de ce Moi ennemi, si tu savais même... par quels chemins il est arrivé à toi !...

... Je me dis ces choses, et j'ai honte en te regardant... Tant de livres lus, tant d'idées remuées, tant d'efforts d'esprit ne m'ont pas fait ton égal. J'étais fier de mon intelligence et croyais qu'elle avait à peu près tout pénétré : ces quelques jours passés dans ton air m'ont ouvert les yeux sur mon vide. Oui, j'ignore la science qui seule importe à connaître, celle que tu sais si bien, celle que chacun peut se créer, et que pourtant si peu découvrent, qui n'a pas de nom et qui rend heureux ! Et j'ai peur de cette ignorance, j'en ai peur pour toi, pour moi, pour notre avenir et pour notre amour !...

III

Paris, décembre.

Mes occupations, mes travaux, ma vie pren
nent un autre aspect. D'abord, en sortant
de l'isolement intime où nous avons vécu
pendant près de trois mois, je me suis trouvé
singulièrement désorienté dans le tumulte
du monde. Il m'était venu comme une indifférence pour les autres et pour tout ce qui
pouvait m'arracher à ma sérénité. Ces trois
mois passés à courir l'Italie, puis à flâner
sur une petite plage, parmi des étrangers
avec lesquels nous n'avons pas échangé
trois paroles et que nous ne regardions
même pas, me semblaient un beau rêve, et
je ne songeais qu'à le recommencer. Et
pourquoi non? Qu'est-ce donc qui nous em-
pêcherait de nous enfuir définitivement vers
un de ces endroits bénis où, dans la mollesse
d'un climat toujours tiède, on peut vivre

en laissant sommeiller son esprit apaisé?
Aurais-je beaucoup de peine à renier
mes anciens projets? Regretterions-nous
beaucoup ce qu'il nous faudrait quitter? Je
ne crois pas, et pourtant nous restons : les
habitudes sont les plus fortes, — hélas ! et nous
n'aurons jamais la sagesse d'agir en fous !...
D'ailleurs, de jour en jour je m'accommode
mieux de cette existence nouvelle : les tracas des affaires du dehors diminuent d'importance à mes yeux en raison de ce
qu'augmente mon attachement à ma femme
et à mon foyer. Comme je me moque de
moi, — en même temps qu'il me court un petit
frisson dans le dos, — quand je me rappelle
mon intérieur de célibataire ! Mon salon
surtout, mon terrible salon vieil or, avec les
housses grises que Madeleine, ma vieille
bonne, enlevait deux ou trois fois l'an,
dans les grandes occasions, et remplaçait
par des anti-macassar; avec son piano aux
cordes rouillées sur lequel je tapais dans mes
heures d'ennui ; avec, sur la cheminée, une

pendule si grotesque que ma femme a éclaté
de rire en la retrouvant dans un coin de notre
appartement !... Maintenant, ceux de mes
anciens meubles que nous avons conservés
sont transformés, embellis, rajeunis. Il y
a des fleurs dans tous les vases. Des fleurs !
je les dédaignais autrefois, je ne les regar-
dais pas quand Madeleine en rapportait du
marché et les plantait comme des cierges
dans les pots en vieux Delft de ma salle à
manger; je ne savais pas comprendre leur
sourire amical, la grâce qu'elles mettent à
mourir pour nous en égayant nos yeux.
C'étaient des choses inanimées, que je prenais
de doigts indifférents : à présent, elles me
parlent, elles me disent pourquoi elles sont
là, elles me content mille historiettes charmantes, comme de petits poëmes qui vous
reposent. Et il en est de même pour tous
les détails de la vie : pour les plis des rideaux,
pour l'arrangement des bibelots, oui, pour
la couleur de mes cravates que je n'achète
plus moi-même au hasard et pour la physio-

nomie de mon fauteuil devant ma table
de travail. A chaque pas que je fais dans ce
home, je me sens sous la protection d'une
bienveillante fée dont la baguette me suit
pour prévenir mes souhaits. Aussi, je ne
sors qu'avec la hâte de rentrer, étonné du
bien-être inaccoutumé qui m'accompagne. Il
me semble aussi que je suis moins sensible
aux ennuis de la vie quotidienne : je les secoue bravement, dans un acte d'insouciance
plutôt que dans une révolte de ma sensibi-
lité. Qu'importe tout cela? N'ai-je pas mon
buen-retiro qui m'attend, l'asile enchanté
où je retrouverai le regard de deux yeux
dévoués? Seulement, je voudrais les secouer
tout à fait, pour savourer davantage cette
chère affection qui borne et remplit mon
horizon...

IV

Paris, avril,

Je voudrais trouver un mot qui exprimât
ce qu'est un être tranquille, doux, bon, cou-

fiant, dont la seule présence repose, un être de grâce et de charme et qui respire la paix.

Sous l'unique fenêtre de mon cabinet de travail s'étend un petit coin champêtre égaré dans Paris : un jardin minuscule, avec un bassin, des fleurs, du gazon, des lilas qui viennent de fleurir, un peuplier même, un long peuplier mince, pauvre arbre anémique rêvant sans doute, comme le sapin d'Henri Heine, de grands arbres vigoureux croissant sous des cieux libres. Des chats observent les poissons rouges dans l'eau douteuse du bassin, ou dorment épars dans le gazon ; il y a des oiseaux logés parmi les arbres ; et l'on ne voit aucun mur, aucune maison, — mais de hauts tilleuls et des cèdres, sortant d'une riche propriété voisine, ouvrent à l'horizon, — à vingt pas, — une perspective infinie de forêt. Cette forêt qui n'existe pas nous fait oublier la tristesse de notre logis : c'est la Brocéliande de nos rêves, où nous nous enfermons dans le cercle magique de Viviane pour la brève éternité...

2

Pendant que je travaille, elle est là, derrière moi, attentive à ne me point troubler;
de temps en temps, je perçois le bruit de la
laine qu'elle tire dans le canevas, ou de la
page qu'elle tourne, ou de son souffle léger; quelquefois, je me retourne et ne la
vois plus : elle a disparu silencieusement;
au bout d'un instant elle revient de même,
sans que ses petites pantoufles fassent cra-
quer le parquet; et je sens son regard posé
sur moi comme une continuelle caresse, le
regard de ses grands yeux profonds et clairs,
où il n'y a que bonté, tendresse et dévouement. Toujours aussi, je sens sa pensée qui
suit la mienne et chemine côte à côte avec
elle, à travers les rêves comme à travers
les soucis des jours. Quel mystère y a-t-il
donc dans ce sentiment d'union intime qui
atténue les inquiétudes et qui double les
joies?..

J'ai tant souffert, autrefois, de me sentir
seul! J'ai passé des nuits à errer dans les
foules pour m'éviter moi-même, m'efforçant

d'arriver à l'illusion que j'étais quelque
chose à ces AUTRES qui s'agitaient sous mes
yeux. J'ai fui avec horreur mon chez-moi,
impitoyablement rempli de moi, où les moindres objets, les bibelots, les livres, les pa-
piers des murailles, les tableaux et les fauteuils me renvoyaient comme des miroirs
multipliés mon odieuse image. Il me semblait que je pourrais le laisser en chemin par
les rues, ce moi, ou l'oublier dans un
café, ou le déposer au théâtre, et je courais
les théâtres, les cafés, les rues. Souvent je me
suis cramponné à des amis de pacotille rencontrés par hasard, leur racontant mes affaires, leur partageant des lambeaux de mon
âme, sans me laisser rebuter par leur indifférence. Combien de fois mon cœur a-t-il battu
sur des cœurs étrangers sans entendre autre
chose que le bruit de ses palpitations battant dans le vide! Combien de fois, après
m'être oublié une heure ou une nuit en des
compagnies gaies, dans des salons, dans des
casinos ou dans des tavernes, après avoir ri

à pleines lèvres et causé bruyamment, après m'être répandu en confidences et avoir reçu d'un air amical celles des autres, — ai-je senti avec une amertume décuplée, les lendemains, que j'étais seul quand même, irrémédiablement seul, que ces bruits s'évanouissaient sans rien laisser après eux, que les fumées de l'alcool se dissipaient en tristesse comme les amitiés ou les amours de la veille. Eh bien ! il me semble maintenant que ma solitude est vaincue : non certes parce que je vois sans cesse auprès de moi la même figure connue, — mais parce que cette figure est aimée. Quelque chose d'elle passe continuellement en moi, comme une chaleur bienfaisante, comme une autre vie meilleure, et quelque chose de moi passe en elle. Ce n'est plus l'âme étrangère, qui reste toujours étrangère malgré la fréquence des rencontres, malgré l'assiduité des relations : c'est la pénetration continue qui, peu à peu, de deux êtres n'en fait qu'un.

V

C'est étrange comme on se laisse prendre
et entraîner par l'engrenage de la vie ! On
lui livre un doigt, insouciamment : elle prend
le corps. On croit qu'on peut jouer avec
elle, prendre d'elle ce qu'on veut, lui
abandonner par paresse, par lassitude ou
par indifférence des fragments de soi-même,
et rester cependant le maître et garder son
indépendance. Illusion ! Après la révolte de
la première jeunesse, on s'aperçoit un jour
qu'on s'est rendu, qu'on est lié : ce sont de
menues et traîtresses habitudes, dont les
douceurs insinuantes vous ont insensiblement
conquis ; c'est l'ambition d'un but longtemps
dédaigné, qui s'est développé à travers
vos mépris ; c'est l'amour, dont votre impuissance à sentir vous a fait longtemps dou-
ter, que vous avez nié parce que vous ne
l'éprouviez sous aucune des formes connues,

et qui se glisse en vous, avec des allures que vous ne lui auriez point soupçonnées ; c'est le Devoir, — mon Dieu! oui, le Devoir, le sentiment entre tous injustifié, cette convention, cette absurdité, cet impératif dont votre raison vous a mille fois démontré le non-être, — qui se met à vous crier ses ordres et se fait obéir. Tous ces liens m'attachent, toutes ces voix me gouvernent, je sens que je ne m'appartiens plus.

Combien de fois, jadis, quand je souffrais sans cause, ou simplement quand un choc douloureux provoquait en moi d'angoissantes pensées, me suis-je consolé en me disant : « Après tout, je suis le maître de mon existence ; quand la mesure sera comble, nul ne m'empêchera de me délivrer... Quelques précautions pour n'être pas remarqué, le moins de bruit possible, et ces tracas seront à jamais loin de moi !... »

Maintenant, je ne puis plus me consoler ainsi. J'ai, par un acte de volonté, lié ma destinée à une autre destinée, et cette double

chaîne, que j'ai imprudemment attachée, je
n'ai pas le Droit de la briser... Le Droit...
Oh! le mot absurde qui vient s'imposer à
mon esprit!... D'où la force inconnue qui
peut peser sur ma décision?.. D'où le mystérieux fluide qui paralyse mon égoïsme ?.. Je
sais qu'à l'instant où je fermerais les yeux, le
monde cesserait d'exister, avec celle à qui je
pense, avec l'affection qui grandit dans mon
cœur, avec les idées que je me forge et mes
ergotages sur le droit, le devoir, la liberté et
le reste; je sais que je ne saurais rien des
larmes, des douleurs, des luttes qui subsiste-
raient après moi; que, dans mon repos, je ne
sentirais rien, absolument rien, du mal causé
par mon acte et qui peut-être se résoudrait
en bien. Je sais tout cela, un effort de mon
imagination me fait toucher au néant, — et
cependant je me sens esclave. La destinée
peut frapper sur moi à coups redoublés; je
puis être harcelé par la troupe des ennemis
du dehors ou par ce pire ennemi que je porte
en dedans; je puis me trouver aux prises

avec ces deux adversaires dont autrefois je
n'aurais jamais hésité à me défaire au prix
de la vie, la Misère et la Douleur, avec lesquelles il me faudra peut-être longuement
lutter, dont il me faudra supporter les effroyables inventions ; mes relations avec les hommes peuvent devenir une source de conti-
nuelles piqûres sur lesquelles mon imagination versera l'huile bouillante de ses rêveries : il me faudra supporter tout cela, —
patiente bête de somme qui plie le dos sous
le fouet. Oui, je dois marcher maintenant
dans l'ornière où marche la file des autres,
ces ennemis ; qui sait ? je vais m'annihiler
peut-être, me ruiner selon les caprices d'un
hasard, me voir réduit à faire graviter ma
pensée autour des absurdes problèmes quo-
tidiens : des termes, des layettes, des notes de
couturière ou de pharmacien !... Sans issue,
encore une fois, sans pouvoir regarder à la
Grande Libératrice, sans plus rêver, aux
heures douces, aux moyens d'en finir avec
tous ces maux !

Alors une question angoissante se pose —
la question : Comment et pourquoi la vie se
fait-elle accepter ?... Je ne suis certainement
pas seul de ma sorte : mille autres avant
moi, tout le monde peut-être, ont senti, dans
une révolte de leur être, peser sur eux le
poids de leur destinée; mille frères inconnus ont commencé comme moi par la stérile
indignation contre cette tyrannie dont on
subit les effets sans en entrevoir la cause, —
puis se sont résignés, ont vécu; quelques-
uns se sont laissés passivement traîner pendant des années sur la claie de toutes les
misères; il y en a qui sont devenus très vieux
et qui se sont attachés à leurs infirmités ;
d'autres, en patriarches, ont élevé de nom-
breux enfants et vu, en souriant, commen-
cer jusqu'à leur troisième génération; d'autres sont morts jeunes et ont regretté de
mourir. D'où leur est donc venue la force
d'accepter ainsi les avatars de leur âge et de
leur carrière? Cette résignation qui les a
conquis, est-elle une dégradation de l'être

qui s'avilit en reniant son droit à la révolte,
comme un esclave tombé à l'abrutissement?
Est-elle au contraire la haute éducation qui le
forme pour des fins ignorées et supérieures?
Lesquels ont raison : ceux qui, comme moi
hier, méprisaient et haïssaient la vie, la trai-
tant, en pensée, comme un compagnon de hasard qu'on est libre de quitter quand on est
las de son bavardage ; ou ceux qui, comme
moi demain, l'ont acceptée, la subissent — qui
sait? — l'aiment peut-être? Y a-t-il donc,
dans les détails misérables qui me conquièrent,
dans toute cette relativité du pire au mal à laquelle je m'abandonne, y a-t-il un sens mystérieux que je n'avais pas compris?

Le voilà posé, le problème. Il ne manque
pas de solutions proposées :

Les uns disent : « Il y a la Foi. » — La Foi,
en effet, répond à toutes nos curiosités, explique tout : elle nous donne la raison de notre
existence, puisqu'elle nous prouve que nous
sommes le centre du monde ; le courage de
supporter nos maux, puisqu'ils nous pré-

parent un sort meilleur; et le goût de la
vie, puisqu'elle est l'éternité. En se jetant
dans le mystère, elle en a reculé l'effroi ; ses
affirmations ont chassé le doute ; et, dans le
triomphe de sa certitude, elle a établi un
système merveilleusement échafaudé sur
une base imaginaire, qui, calculé pour répondre à tous les besoins de notre intelligence, ne laisse aucune place au désespoir.
— Mais la Foi, il faut l'avoir, et je ne l'ai
pas.

D'autres disent : « Il y a le Progrès de
l'espèce, dont nous sommes les ouvriers :
qu'importe ce que souffrent les unités,
pourvu que l'ensemble prospère ? » — Il
est difficile d'avoir sur le Progrès une idée
arrêtée, car nous ne connaissons d'une manière un peu complète que l'histoire de deux
civilisations : mais ces deux civilisations nous
montrent une marche ascendante prolongée
aboutissant à un effondrement graduel ;
nous pouvons présumer qu'il en est de même
des autres, puisqu'elles ont survécu ; et ce qui

se passe autour de nous tend à montrer que
notre civilisation, — laquelle n'est supé-
rieure ni à celle des Romains, ni à celle
des Grecs, ni même, autant que nous en
pouvons juger, à celle des Égyptiens ou
des Assyriens, — s'effondrera à son heure,
comme les autres, sous des causes différentes, avec sa religion, sa morale, sa politique
et une grande partie de son acquit. D'ailleurs, le « progrès de l'ensemble » reposant
sur la souffrance des individus, cela me paraît un de ces lieux communs que des
esprits peu subtils inventent pour que d'autres moins subtils encore les imposent à la
bêtise humaine.

D'autres disent encore : « Il y a l'Humanité :
il faut l'aimer, cet amour résout le problème,
donne un sens à la vie et un but à l'action. »
Mais je regarde dans mon cœur, et je trouve
que je n'aime pas l'Humanité. Ce n'est pas
de la misanthropie, c'est de l'indifférence.
L'Humanité ne me représente rien. Ce mot
abstrait est trop vaste : il comprend aussi

bien ce que je déteste que ce que j'aime, les
odieux Chinois, et les Russes pour lesquels
j'éprouve une sympathie d'ailleurs sans
cause précise, les derniers des Australiens,
voisins encore de l'animalité, et les Euro-
péens les plus raffinés, dont l'égoïsme m'ir-
rite, les assassins, les gendarmes et les honnêtes gens. Jeté au hasard dans la conversation, ce mot n'éveille en moi qu'une vague
notion de foules insupportables, grossières,
bêtes, bruyantes, laides et viles, parmi lesquelles j'aurai peine à trouver perdus quelques
individus que je puisse approcher sans dégoût. Il ne me suffit pas d'appartenir à l'Humanité pour l'aimer, pas plus qu'il ne me
suffit d'être le cousin, le père ou le neveu de
quelque imbécile pour le prendre en affection. J'entends réserver contre elle les droits
de mon individualité ; et, parmi ces droits,
figure en première ligne celui de m'isoler.
Or, ce droit, la société le viole avec ses lois,
ses mœurs et ses préjugés : je ne puis donc
l'aimer, et les mauvais sentiments qu'elle

m'inspire rejaillissent sur l'Humanité, qui l'a
créée, et dont elle est en quelque sorte l'expression sensible et concrète.

On parle aussi de la Pitié. Les romanciers
russes, dont on fait grand bruit et que j'ai
encore peu lus, ont inventé la « religion de
la souffrance humaine ». J'ai bien peur
que ce ne soit encore une phrase vide,
comme « le progrès de l'espèce ». Sans
doute, la souffrance d'un être m'émeut
beaucoup, et plus l'être qui souffre est proche de moi, plus mon émotion est vive. Je
participerai surtout de certaines douleurs
que je comprendrai mieux que d'autres :
celles que je suis particulièrement susceptible d'éprouver. Si je les vois, ou si je les
trouve retracées vivement dans un livre,
je serai porté à vouloir les soulager, sans
que cette intention ait d'ailleurs beaucoup
de chances de sortir du cercle des vel-
léités. Je plaindrai, comme un autre, plus
sincèrement peut-être que beaucoup, la
misère, le mal, le vice, la laideur : s'il me

suffit de tendre la main à un malheureux
pour le sauver, je n'hésiterai pas à le faire,
même en me détournant de mon chemin ;
s'il faut lui ouvrir ma bourse, je le ferai
encore, à condition que j'aie la certitude qu'il
ne la videra pas ; s'il a besoin de paroles de
compassion, j'en trouverai, dans mon cœur
ou dans mon imagination ; si sa douleur est
de celles qui me touchent peu, je lui cache-
rai mon indifférence, de peur de le froisser,
au prix d'un effort sur moi-même. Je ne suis
donc pas moins sensible à la pitié qu'un
autre, car c'est ainsi que je l'ai toujours vu
pratiquer, ce sont là les rites réels de la
« religion de la souffrance humaine ». Mais
est-ce assez pour accepter la vie ? est-ce
assez pour l'aimer ? Oui, peut-être pour un
Jésus-Christ, chez qui ce sentiment grandit
jusqu'à absorber toutes ses pensés et toutes
les forces de son être, non pour un homme
ordinaire, qui ne l'éprouve ni plus ni moins
fort que tout le monde. Je ne suis ni un
dieu, ni un prophète, ni un fanatique : je

suis un être très simple, qui se débat contre
le doute banal d'un esprit angoissé de tout,
contre le vide d'un cœur qu'une seule affection, quelque complète qu'elle soit, ne suffit
pas à remplir. Je cherche une planche de
salut et n'en trouve pas. La religion ne
m'est rien, celle de la pitié pas plus que
l'autre, car elle me paraît tout aussi factice.
La pitié, poussée au degré où elle peut devenir une raison d'exister, ne s'acquiert pas plus
que la foi ; or, je n'ai pas plus l'une que l'autre,
j'en suis sûr, je le sais. Je comprends fort
bien que ceux qui ont cru, — en Dieu ou à
l'homme, peu importe, — soient arrivés à
porter allègrement le fardeau de la vie.
Mais je ne crois pas....

Restent enfin l'agnosticime, le *struggle for
life*, les diverses inventions anglaises pour
justifier l'égoïsme, l'indifférence et la fade
tranquillité du non-savoir. Mais le problème
est toujours là ; cela ne m'apaise nullement,
de savoir que je ne puis savoir : ma curiosité subsiste, mon inquiétude aussi, et toutes

les questions relatives à l'existence me touchent de trop près pour que je puisse paisi-
blement consentir à les laisser sans résolution
Je veux bien renoncer à mes besoins métaphy-
siques et prendre mon parti d'ignorer s'il y a
un dieu : s'il existe, il est si loin, si haut, si
étranger à notre nature, et rien ne prouverait qu'il entre en rapports avec nous... Quoique intéressé plus directement au problème,
je renonce aussi à savoir si quelque chose de
mon individualité doit me survivre : si j'en
acquérais la certitude, il me faudrait savoir
en plus sous quelle forme se perpétueront
ces fragments de mon MOI, et il est évident
que je ne le saurai jamais. J'accepte donc
la relativité de mes notions : il me serait
plus agréable, sans doute, de trouver un
absolu dans chaque domaine ; mais puisqu'il n'y en a point, je m'en passe, et, quoique enviant les gens qui divisent le monde
en deux parts avec leurs critères comme
avec le tranchant d'un couteau, j'admets
avec résignation que le Bien et le Mal, le

Vrai et le Faux, le Beau et le Laid sont des mots dépourvus de sens réel, des modes transitoires de notre intelligence. Oui, j'arrive sans trop de peine jusqu'à ce point de la négative. Mais, entouré de ce néant que j'ai fait, j'accepte la vie, j'aime, j'ai des heures de joie, j'existe enfin. Pourquoi ? Comment?... Voilà la question d'enfant que je ne puis me résoudre à laisser sans réponse, car je ne puis agir sans pénétrer la raison d'un acte et je ne veux pas être un mannequin dont des forces inconnues tireraient les ficelles...

VI

Paris, juin.

Nous allons quelquefois, quand le jour tombe, nous asseoir autour de cette mare d'Auteuil que nous avons prise en affection à cause de son silence et des vieux arbres qui baignent leurs branches dans ses eaux

endormies. D'habitude, elle est abandonnée,
et, séparés de la route par un épais rideau de
feuillages, on est très loin du Bois, très loin
de Paris, très loin de la vie. Aujourd'hui, il
y avait là, par hasard, une jeune mère avec
ses deux enfants : l'un, encore aux langes,
sommeillant sur ses genoux; l'autre, une
petite fille, jouant à côté d'elle avec une
pelle et du gravier. Nous nous sommes assis
vis-à-vis de ce joli groupe; et bientôt la
petite, qui nous observait, s'est dirigée vers
nous, le doigt dans sa bouche, avec un air
adorablement timide et mutin; elle avait
grande envie de venir à nous, et n'osait pas
tout à fait; nous regardant toujours, elle
s'est baissée pour cueillir quelques pâque-
rettes dans le gazon, puis, se décidant soudain, elle est venue en courant les déposer
sur les genoux de ma femme, avec un beau
« tiens! » amical et convaincu. Nous l'avons
embrassée, elle nous a dit mille choses charmantes, et nous avons joué avec elle jusqu'au moment où sa mère l'a rappelée. Elle

est partie en nous envoyant des baisers.

... Alors, restés seuls, nous nous sommes mis à causer enfants.

Elle, mère d'instinct comme toutes les femmes, en désire. Moi, pas. J'ai peur des responsabilités, peur des inquiétudes; notre intimité à deux me suffit; il me semble qu'il ne nous manque rien.

« Pourtant, dit-elle, c'est si gracieux, et cela met tant de vie dans la maison!... Représente-toi comme notre intérieur serait plus gai, avec une belle petite fille comme celle que tu viens d'embrasser!...

« Mais les soucis de la grossesse, le bruit la nuit et le jour, les embarras avec la nourrice, le sacrifice de notre indépendance... Ne nous faudrait-il pas renoncer à nos promenades, à nos projets de voyage, changer tous les plans d'avenir que nous faisons comme si nous devions toujours rester en tête-à-tête?...

« Mais quand nous serons vieux?... »

Eh bien! quand nous serons vieux, — et

d'abord il n'est pas sûr que nous le soyons
jamais, — notre affection sera d'autant plus
solide que nous serons seuls. Dieu sait les
orages qui attendent notre vie commune :
échappés ensemble, fatigués peut-être, nous
nous serrerons l'un contre l'autre pour bra-
ver les tristesses du destin. Nos jours, étant
plus rares, nous seront plus chers : nous n'en
aurons pas un de trop pour nous aimer
encore ; et comme nous serons bien, au
milieu du roulement des affaires humaines
qui ne nous toucheront presque plus, détachés
de tout, sauf l'un de l'autre, ayant enfermé
tout notre horizon dans notre affection ! La
vie, dont nous redoutons à présent les caprices possibles, aura fui loin derrière nos pas :
nous la regarderons comme d'un sommet une
route parcourue dont on ne voit plus ni les
aspérités ni les rocailles, évoquant ensemble
nos bons souvenirs et les mauvais que les
mirages de la mémoire nous feront paraître
bons aussi. Nous nous aimerons d'autant
mieux que nous nous serons longuement

éprouvés : car le cœur ne vieillit que pour
le monde ; il reste un temple où se conser-
vent pieusement les affections sacrées, et,
s'il nous vient pour toutes les choses cette
froide indifférence qui obscurcit les yeux
des vieillards, elle ne nous empêchera pas,
au contraire, de cultiver le sentiment qui
nous unira encore. Qui sait si un soir où,
voûtés et nous appuyant l'un sur l'autre,
nous irons encore respirer le printemps, —
notre dernier peut-être, — il ne nous reviendra pas, comme une bouffée d'air ancien,
notre causerie d'aujourd'hui? Et j'en suis
sûr, instruits par nos expériences nous dirons
alors : « Décidément, mieux valait qu'il en
fût ainsi!... »

Elle regardait l'eau bruissante d'un air
non convaincu, hésitant à répondre.

« ... Mais, dit-elle enfin, après un silence
où nous nous entendions penser, l'un de nous
deux partira le premier... Si nous n'avons
pas d'enfant, l'autre restera seul... »

C'était justement l'idée qui venait de se

glisser en moi et qui m'avait fait taire. Nous
avons frissonné tous deux et n'avons plus
rien dit.

VII

Paris, juillet.

Il y a en moi un intolérant, un sectaire, dont
je suis le premier à condamner l'absurde fa-
natisme, mais qui reparaît de temps en
temps, quoi que je fasse. Au fond, j'ai l'âme
d'un croyant tombé dans le scepticisme, je
crois à ma négation, tout incertaine que je la
sens, et veux l'imposer. Ma femme a conservé sa foi de jeune fille et ses habitudes
pieuses. Il semble que je doive les respec-
ter : aurais-je à lui offrir rien de mieux? ma
certitude est-elle assez forte pour me donner
le droit de troubler sa conscience? L'état
d'esprit où je me trouve est-il si enviable
que je doive tenir à le lui communiquer? Eh
bien ! non, il m'échappe souvent des mots

qui la blessent, je l'entraîne dans des dis-
cussions où elle n'aime pas à me suivre, où
elle me suit pourtant, où je raisonne beaucoup mieux qu'elle, mais, heureusement,
sans la convaincre. Ses arguments — toujours des arguments de femme, — ne prou-
vent rien et sont à leur manière terriblement
concluants: « Je me trouve bien ainsi ; pourquoi changerais-je?..» Moi, je parle du culte de
la Vérité, de la fière satisfaction qu'il y a à savoir qu'on n'est dupe d'aucune illusion, d'aucun préjugé, qu'on domine les erreurs et qu'on
a l'esprit fort, — et je ne trouve aucun écho.
Guidée par son dédain charmant d'un courage
viril, la grâce féminine évite d'instinct nos
sophismes : car nos philosophies ne sont
jamais autre chose. Nous savons très bien
qu'erreur et vérité sont des mots relatifs, et les
femmes le savent aussi ; nous savons encore,
aussi bien qu'elles, qu'une douce erreur
vaut mieux qu'une amère vérité, puisqu'en
fait ces deux termes ont le même sens ; mais,
accoutumés à nous servir des mots pour

tromper les autres, nous nous en servons
aussi contre nous-mêmes et nous laissons
prendre aux spécieuses apparences dont
nous les revêtons. En sorte que, sous prétexte de n'être pas dupes de systèmes qu'il
nous convient de repousser, nous le sommes,
en fin de compte, de nos propres déclamations. Elles sont plus droites et plus fines,
et doucement écartent de leur voie les ronces
et les broussailles dont nous sommes fiers
d'encombrer la nôtre... C'est pourquoi je
m'efforce, avec des brutalités de maire libre-
penseur, de chasser Dieu de son horizon,
tandis qu'elle le conserve jalousement, parce
qu'il lui plaît de réserver dans son cœur un
temple plus pur que ceux des affections
humaines.

VIII

Paris, septembre.

J'ai rencontré hier M***, cet original ami
des jours anciens, que je ne vois plus que

par hasard, à de lointains intervalles. Les
années passent sur lui sans le changer. toujours le même long corps osseux, le même
visage impassible aux tons de bistre, la
même lenteur dans les gestes, la même at-
tention grave à rouler sa cigarette en s'ar-
rêtant sur le trottoir, le même mystère d'un
âge qui ne se devine pas. Je ne puis voir sa
silhouette raser les murs sans me reporter
dix ans en arrière, à ce dur hiver où nous
promenions ensemble notre spleen à travers le quartier Montmartre. Il revenait de
Constantinople, où il avait été manger pa-
resseusement, au soleil, les restes de son pa-
trimoine. Moi, j'arrivais à Paris, n'ayant jamais rien vu, seul et inquiet de mon existence incertaine. Nous nous étions rencontrés un jour dans un café, où l'agacement
du bruit des dominos à une table voisine
nous avait rapprochés; et nous étions restés
comme attachés l'un à l'autre par la solitude et l'ennui. Séparés pendant la journée,
nous nous retrouvions vers le soir pour al-

ler dîner, en nous contant nos mutuels dé-
boires, puis flâner un moment sur le boulevard
extérieur où des formes vagues remuaient
dans le brouillard, et entrer enfin dans quelque salle où il y avait du bruit et des femmes.
M*** m'inspirait un mélange de sympathie et de haine: je ne pouvais le souffrir
et revenais toujours à lui; surtout, il m'é-
tonnait par toutes sortes de sentiments contradictoires que je ne m'expliquais pas. Avec
son parler sententieux et son allure fleg-
matique, il était à la fois égoïste jusqu'à la
cruauté et susceptible de tendresses infinies.
Son rêve était d'avoir une femme pour lui
tout seul : comme il s'obstinait à la chercher
dans les bals publics, les cirques et les bras-
ries, il ne la trouvait jamais, et chacune de
ses liaisons se terminait par de gros cha-
grins un peu ridicules. Mais à chaque nouvelle
expérience, en même temps qu'il « s'atta-
chait », comme il disait, il avait des calculs qui
montraient avec une naïveté cynique le féroce égoïsme de ses sentiments. Ainsi, une

de ses maîtresses fut emportée par une phthi-
sie galopante. Il alla la voir tous les jours,
très fidèle et très affectueux; l'avant-veille
de sa mort, il lui acheta un bracelet qu'elle
désirait depuis longtemps; et en revenant
de l'enterrement, il me disait : « Voyez-
vous, ce qui me désole, c'est que ce bracelet
reviendra à sa sœur, que je ne peux pas
souffrir... » Du reste, il surveillait l'entre-
tien de la tombe et pleurait sérieusement la
morte, parce que celle qui avait pris sa place
ne la valait pas...

Dans tout cela, point de débauche : c'était
sa solitude qu'il voulait fuir, qui le chassait
d'aventure en aventure, de duperie en duperie, pour l'acculer enfin dans cet inconscient égoïsme qui le condamnait à ne trouver jamais la solution cherchée. Aujourd'hui,
il est au même point qu'il y a dix ans : il
m'a raconté une nouvelle histoire embrouil-
lée et complexe qui est la répétition de toutes
celles que je connais de lui : seulement,
l'idée m'est venue qu'il doit approcher de la

cinquantaine, et j'ai trouvé son histoire lugubre...

Le pauvre garçon!... Il me faisait pitié,
je l'ai emmené dîner chez moi, — et, en
versant du cognac dans son café, il cher-
chait sur le carafon la marque des petits
verres, tant il est accoutumé au rationne-
ment des restaurants. Et je songeais que
ces mille petits riens dont il est l'esclave,
que ces mesquines sujétions de l'existence
isolée, sont pour beaucoup dans les tristesses
de la vie. Oui, ceux qui n'ont jamais connu
le dégoût des tables d'hôte, l'horreur de la
chambre meublée, et les efforts pour y échapper : les flâneries désolées à travers les
foules, les naufrages dans les brasseries,
la chasse au misérable amour, — à l'amour
vil de la Vénus vulgaire, la seule qui soit
bonne quand même aux abandonnés, — et
les amitiés de hasard commencées devant un
mazagran, et les liaisons qui se traînent
de garni en garni, ceux qui n'ont pas vécu
cette vie inutile, effacée et désœuvrée, ne

sauront jamais ce que c'est que l'Ennui, ne connaîtront jamais les lassantes odeurs de ses fleurs maladives, ni les graines qu'elles secouent en mourant et qui parfois germent encore, plus tard, par instants, dans le calme des existences assises.

M*** est resté jusqu'à minuit, retenu, puisqu'il nous voyait sommeiller à demi, par la peur de rentrer chez lui, de retrouver ses rideaux déteints, son tapis crevé, ses fauteuils crachant leur crin, sa table en désordre, son mauvais lit d'hôtel. Il se sentait bien, il se détendait dans la paix de notre intérieur, étonné de ce calme bien-être dont la tiédeur l'enveloppait. Et il nous étonnait aussi : ma femme observait ses allures, écoutait ses propos, et de temps en temps me jetait un regard curieux et stupéfait : jamais elle n'avait soupçonné l'existence d'êtres pareils, et avec sa fine pénétration, elle lisait en lui toute une page de mon passé. Moi, je me rappelais les jours d'autrefois, si lointains, si AUTRES · les amer-

tumes, les lassitudes m'en revenaient atté-
nuées : je retrouvais des impressions effacées comme on retrouve, à manier de vieux
sachets, des odeurs en allées; j'éprouvais un
vague besoin de ressusciter une fois, pour
un instant, ces choses mortes que je hais. Et
quand M*** est enfin parti, nous nous sommes promis de passer ensemble, bientôt,
une soirée de souvenirs.

IX

Il y a des jours fâcheux, par ce novembre
où le ciel est gris, où le brouillard vous
enveloppe, où le froid vient. Une tristesse
nostalgique court avec les vents qui secouent
les arbres dépouillés : en grelottant devant
un feu nouveau qui hésite à briller, on
rêve aux horizons bleus des pays du soleil.
Le jour est un long crépuscule : après
qu'il s'est écoulé dans le vide, les heures
où il achève de mourir vous plongent

dans une envahissante mélancolie pleine
de souvenirs de deuil, de douloureuses
sensations effacées qui renaissent, de
rêveries noires sans cause, encombran-
tes et désolées. La distraction du dîner
fait à peine un instant diversion. Et la
soirée se prolonge indéfiniment, sans causerie, sans lecture, chacun étant poursuivi
par des pensées obsédantes qu'il ne peut
chasser, et ne voulant pas les dire, et s'en-
fonçant dans son lourd silence orageux. La
pluie crépite aux vitres, le vent gémit, les
branches nues pleurent, et cette plainte
universelle traverse les portes closes, résonne en nous, s'enrichit de notre tristesse,
l'emporte au loin : on la sent courir à travers l'espace comme un vol d'âmes en
peine, on la sent partout. On la chasse, elle
revient. Comment ne pas l'entendre ?......
Notre affection nous serre l'un contre l'autre,
elle est le refuge, mais pas en ces moments
où des forces mystérieuses remuent les fonds
obscurs qui sont en nous : nous n'avons plus

que des regards d'indifférence, nous crain-
drions le son de notre voix. Qui sait ? nous
sentons peut-être alors justement, alors seulement, le je ne sais quoi d'étranger qui subsiste quand même en nous malgré la fusion
de nos vies. C'est sa solitude éternelle que
chacun secoue et qui triomphe en gémissant ;
c'est elle qui se mêle à l'élégie de toutes les
choses et nous en pleure les accents ; c'est elle
qui nous tient séparés dans notre deuil sans
cause et nous empêche de retrouver dans
ces serrements de main la paix sereine
de nos pensées. Ah ! passent ces mauvaises
heures ! passe ce triste mois inévitable qui
reviendra toujours avec ses lunatiques angoisses, et que la clarté des jours froids vienne
nous rendre à nous-mêmes !...

X

Paris, décembre.

Nous avons réalisé, avec M***, notre projet de revivre une soirée d'autrefois.

C'est singulier comme le passé change

d'aspect à mesure qu'il s'éloigne : en retrouvant de place en place, rappelées par
les lieux restés les mêmes, par des figures
reconnues, ou simplement par un effort de
volonté, des sensations que je croyais perdues, il me venait l'envie de les ressusciter
entièrement. J'oubliais qu'elles avaient été
cruelles ; j'oubliais que lorsqu'elles étaient
présentes je m'efforçais de les fuir, je ne songeais qu'à les recomposer exactes dans toute
leur force. Et j'avais beau faire, elles ne revenaient pas, je n'en pouvais avoir que le relent
affadi. Parfois, au moment où j'allais les fixer,
elles fuyaient : sur la place Clichy, par exemple j'ai cru les saisir, et je me suis tout à coup
revu enveloppé dans un paletot que je recon-
naissais, gagnant parmi les réverbères allumés dans le brouillard le maigre restaurant
où nous prenions nos repas, M*** et moi ; j'ai
retrouvé soudain l'ennui, le dégoût, la tristesse qui m'emplissaient alors, dans un singulier sentiment fait de peur et de joie, peur
de recommencer cette morne période de ma

vie, joie de savoir que je n'avais rien perdu
de moi-même. Mais ce fut un éclair : un
instant après, dans la brasserie où j'avais
perdu tant de soirées, en revoyant les mêmes
tables, le même renfoncement de la salle,
les mêmes toiles accrochées aux murs par
des peintres pauvres, hors d'état de solder
leur compte, l'épaisse figure bestiale du pro-
priétaire jouant aux cartes avec les mêmes
gestes, — toutes choses que je n'avais pas vues
depuis des années et qui se sont conser-
vées par miracle au milieu du perpétuel changement de Paris, — il m'a semblé que c'était
un étranger qui était venu là, jadis, tuer
le temps avec des compagnons dispersés, et
qu'il m'avait décrit ce milieu et ces figures
dans une confidence de hasard, et que son
récit m'avait laissé dans une profonde indifférence. M***, souriant doucement dans
la fumée de sa cigarette, remuant du geste
lent que je connais si bien le sucre de son troisième mazagran, les yeux perdus dans le
vague, me disait:

— ... Vous rappelez-vous Lisette, vous
savez, ma petite Lisette?... celle dont je
cachais les bottines pour l'obliger à rester
chez moi et qui se sauvait en pantoufles....
Savez-vous ce qu'elle est devenue?... Elle
s'est mariée, elle aussi; son mari est em-
ployé au ministère de l'Intérieur; ils ont
deux enfants; elle est énorme... Je la rencontre quelquefois, elle fait semblant de ne pas me
voir... Vous rappelez-vous ce certain soir de
bal masqué, où nous avons soupés ici, à
cette même table, moi en matelot, elle en
pêcheuse de crevettes, avec. . . . . . .

. . . .

. . . . . Non, non, je ne me rappelle pas,
je me rappelle mal, je ne sais plus bien. Les
traits de toutes ces figures se sont brouillés
dans ma mémoire. Je ne me revois plus moi-
même que comme une ombre étrangère. Est-
ce que je regrette? Je ne puis pas comparer
Je ne suis plus ce que j'étais : M*** me paraît un inconnu. Pourquoi suis-je avec lui?
J'écoute à peine ce qu'il dit. Je suis comme

hypnotisé par le flot de changements qui
m'entraîne. Je me sens un être fluide, insai-
sissable, et qui sait, qui sait combien je
changerai encore !. . . . .

. . . .

. . . . .J'ai suivi M*** qui s'est levé et
m'a conduit dans une autre brasserie, « plus
gaie », dit-il. Il est minuit. Le bruit augmente.
Des couples passent. Je vois tourbillonner
des figures inconnues que je n'ai jamais vues,
que je ne reverrai jamais ou ne reconnaîtrai
pas. On crie, on chante. M*** parle toujours,
de sa voix monotone, dévidant l'écheveau
de ses souvenirs où les miens sont mêlés,
mais je n'entends pas ce qu'il dit. Il me
tarde de fuir ce kaléidoscope qu'il fait tourner et qui me donne le vertige. Quelle idée
ai-je donc eue de vouloir relire avec lui cette
laide page oubliée, aux caractères effacés,
aux mots qui dansent? Ne s'en lassera-t-il
pas comme j'en suis las? Quand me laissera-
t-il enfin partir, l'éternel noctambule? Il roule
sa centième cigarette ; il sucre son cinquième

mazagran, et voilà qu'il invite à s'asseoir près de nous deux écuyères du cirque Fernando. . . . .

. . . .

— .... Eh bien! l'as-tu retrouvé, ton passé?...

— Oui.., comme un mort qu'on retrouverait en poussière. . . . .

. . . .

.... Après deux jours, l'impression de cette folle tournée s'est transformée entièrement. Je regrette. Je regrette ces yeux oubliés dont je n'ai pu retrouver l'éclat, ces images enfuies que mon évocation n'a pas rappelées, ce Moi enfin, que j'ai perdu en route, dont j'ai à peu près conservé l'aspect et dont il ne reste pas un globule de sang dans mon sang, qui avait presque ma figure et qui est mort, comme mourra bientôt à son tour le Moi qui lui a succédé, jusqu'à ce que disparaisse enfin l'ensemble hétérogène de ces êtres successifs et confondus qui forment ma personnalité. J'étais heureux, et mon

bonheur chancelle. J'étais satisfait, et ne le
suis plus. Je voudrais l'impossible, je voudrais être à la fois ce que j'ai été, ce que je
suis et ce que je serai. Je voudrais tenir
dans ma main, comme un virtuose tout son
clavier, toutes les cordes qui ont vibré dans
mon cœur, des plus aiguës aux plus douces.
Au lieu de cela, je me sens couler comme
l'eau d'un fleuve, comme le sable d'une clepsy-
dre; je sais que je ne me reconnaîtrai pas
plus dans demain que je ne me suis reconnu
aujourd'hui dans la veille, et je souffre, hélas ! de cette fugacité qui ne nous permet pas
d'être immuables même pour la durée de
notre courte vie !....

XI

Paris, décembre.

... Je me laisse vivre. Après les heures
que dévore l'activité de chaque jour, je
rentre l'esprit tranquille ; et, secoué par

l'omnibus qui traverse la moitié de Paris,
distrait par quelques échappées entrevues
de la vie des autres, tables dressées, couturières au travail, groupes familiaux, roulant
de vagues idées que les cahots de la caisse
jaune bousculent dans ma tête, je finis par
ne plus penser qu'au plaisir de rentrer chez
moi. Je suis en retard pour le dîner : on me
gronde doucement. On me dit que la soupe
est froide, et ce n'est pas vrai, elle est excel-
lente. Puis, la soirée commence, la bonne
soirée à deux : nous causons, quelquefois de
choses étrangères, de livres, plus souvent
de nous-mêmes, égrenant le chapelet de nos
pensées communes ; nous avons toujours du
nouveau à nous dire, et la soirée est brève,
dans cette paisible intimité.

Nous nous plaisons surtout à faire des
projets *pour plus tard...* Plus tard, quand
nous serons plus libres, quand nous aurons
arrangé notre vie, nous irons courir le monde,
très loin, nous aurons des loisirs délicieux
pour respirer l'air des champs, l'air libre,

l'air embaumé, l'air qui vous dilate la poitrine, et pour admirer les paysages préférés, ces paysages du Nord où des vapeurs d'opale se dégagent des fleuves et donnent à la campagne son aspect un peu mélancolique et si doux... O pauvres Parisiens ! esclaves qui méditez toujours d'échapper à votre glèbe, de sortir du cercle où vous tournez votre meule ! Rêveurs qui voudriez sans cesse ouvrir votre horizon pour fuir vers des là-bas où la vie serait normale et saine, — et qui restez sur place, et qui ne sauriez vivre sans ce travail qui vous harasse, sans ces bruits que vous maudissez, sans l'ambition qui vous boit le sang ! O marins d'un mauvais navire, attachés quand même à la mer qui vous ballotte, aux manœuvres dont vous avez les bras rompus !.. Est-ce que, dans toutes ces maisons qui enserrent la nôtre, dans ces hôtels entourés d'arbres et de fleurs, dans ces casernes où s'étage l'échelle des voisins, est-ce qu'en cette heure de paix des milliers de cerveaux surchauffés par le labeur du jour n'enfantent

pas les mêmes rêves de repos ? Est-ce que des
milliers de voix ne prononcent pas en même
temps que la nôtre, avec des espoirs analogues, ce mot magique de DEMAIN, sésame de
palais enchantés?.. Et demain, comme hier,
comme aujourd'hui, les omnibus, les bateaux,
les tramways, les coupés, ramèneront au centre la même marée humaine, qui, après le
même travail, les mêmes dégoûts, les mêmes
fatigues, reviendra le soir recommencer les
mêmes rêves berceurs et menteurs !..

Et qui sait quelle réalité les attend tous au
lieu du rêve !.. Demain n'est-il pas toujours
autre chose que ce que vous le voudriez ?...
Au lieu de la maison ignorée, quelque part,
n'importe où, avec du chèvrefeuille à ses
murs, son jardin fleuri, le vieux arbre où l'on
s'abrite par les soirs d'été, humble château
d'Espagne qui flotte à l'horizon de nos désirs,
qui sait si demain n'apportera pas la lutte à
recommencer toujours, ou une fortune plus
tyrannique encore que le travail?.. Est-ce
qu'on choisit jamais sa destinée?..

Heureux seulement ceux qui, comme moi,
ont leur retraite, — un foyer si calme qu'il
est comme un berceau, une douce affection
qui vous repose de toute fatigue et vous
abrite contre les angoissantes pensées et vous
endort l'esprit comme un chant de nourrice !
Que de questions, qui me troublaient jadis, me
laissent en paix maintenant sans que je les
aie résolues et n'attendent plus leurs répon-
ses !... Certes, aujourd'hui comme hier, la raison de mon œuvre et de tout moi-même m'é-
chappe toujours, — mais mon œuvre se fait
sans dégoût et je vais devant moi sans fatigue. Je ne me penche plus curieusement sur
mon cœur pour en observer le jeu déréglé ; le
sentiment qui l'emplit est un mystère, je le
sais, et j'accepte le mystère, heureux de le
subir et de l'ignorer !...

XII

Paris, janvier.

.... Il y a, dans les romans de famille, un
chapitre touchant, d'un effet sûr : celui où

la jeune femme, honteuse, joyeuse et rou-
gissante, fait comprendre à son jeune époux
que leur union est bénie et qu'elle sera
mère. Sur ce thème, la littérature a brodé
ses plus fines variations, a répandu ses pu-
deurs exquises, ses ménagements gracieux,
ses réticences charmantes, tous les menus
agréments dont elle se plaît à saupoudrer
les mystères de l'amour. Serions-nous des
êtres exceptionnels ou sont-ce les romans
qui mentent?... Le fait est que cela s'est passé
tout autrement. D'abord la « bénédiction »
nous a effrayés, d'une crainte que nous conservions l'espoir de voir se dissiper : un peu
de joie s'y mêlait à peine, s'y mêlait pourtant : une joie inconsciente, irréfléchie, pué-
rile et curieuse, une joie secouée de fris-
sons. Puis, quand la crainte s'est changée
en certitude, nous nous sommes sentis la
proie de toutes sortes de contradictions.
Chez elle, c'est la satisfaction qui domine,
sans doute ; comme nous étions heureux
ainsi, elle redoute un peu l'inconnu, l'inva-

sion de ce nouveau-venu qui va mettre entre
nous les tyrannies de sa faiblesse ; peut-être
aussi redoute-t elle les douleurs qui l'attendent, peut-être pense-t-elle à la mort
qu'elle verra de près. Mais elle aime déjà,
elle s'abandonne à ce sentiment nouveau
dont elle se sent plus riche, et sa crainte disparaît dans l'amour. Pour moi, il n'en est
pas de même : je ne désirais pas d'enfant, le
fait que j'en vais avoir ne m'en donne point
le désir, je m'examine et me trouve insen-
sible à celui qui naîtra de moi, et n'é-
prouve d'autre sentiment que le poids d'une
immense responsabilité qui m'oppresse.
Il me semble que j'ai commis un crime. Je
me répète avec conviction toutes les banali-
tés que je sais sur le malheur de vivre : des
vers de poète, des aphorismes de philosophes,
le bagage habituel du pessimisme prédicant.
Ces inutiles récriminations contre l'existence, ces plaintes fades contre le destin, — je le comprends clairement pour la
première fois, — ne sont pas des phrases

creuses de rhéteurs ; elles correspondent à de
terribles réalités, dont la plus terrible se
dresse devant moi : il y a un être qui n'était
pas, qui aurait pu ne pas être, et qui, par
ma faute, sera ; que j'ai tiré sans scrupule
du néant pour le jeter dans les conditions
humaines ; qui, selon les probabilités, ne sera
ni plus heureux, ni plus sage, ni plus rési-
gné que la moyenne des hommes ; qui souffrira comme j'ai souffert ; qui n'arrivera qu'a-
près mille peines à ce chancelant bonheur
où je m'accroche, que la mort peut changer
demain en un deuil éperdu, et qui impli-
que l'acceptation de tous les esclavages
contre lesquels se révolte l'orgueil ; qui...,
mais à quoi bon refaire une fois de plus
le bilan de la vie? Il le dressera lui-même,
le pauvre petit, et le recommencera à toutes
ses banqueroutes... Quand je cesse de penser à lui pour penser à moi, quand je descends dans les abîmes de mon égoïsme et
cherche à murmurer les changements que
sa vie va introduire dans la mienne, mon

angoisse change de nature, devient plus
basse et ne diminue pas : il achèvera de me
prendre à moi-même, c'est à lui que j'appartiens désormais ; dans sa faiblesse, il sera
mon maître ; ses vagissements me rappelle-
ront à toute heure que je lui dois tout et
ne puis tout lui donner. Et voici que ce fœtus
grandit, qu'il bouche mon horizon, qu'il me
désespère. Je redoute tout de lui : sa naissance d'abord, ce drame douloureux et brutal où se condense dans des douleurs qui
font frissonner toute l'horreur de vivre, et
les angoisses qui précèdent, les jours passés
avec l'obsédante pensée que pour le jeter
au monde il faudra peut-être qu'elle meure,
et que je resterai seul, ou pire que seul, avec
lui. Et je redoute autant sa vie : je pense à
ceux de mes amis qui sont pères ; je me
rappelle combien, chez eux, m'ont exaspéré
leurs enfants, leurs tyranniques enfants
qu'ils admiraient et claquaient tour à tour,
et qui pleuraient, bavaient, grognaient sans
cesse, absorbants et insupportables. Je

me figure à jamais détruit le calme qui m'é-
tait si précieux de mon intérieur : au lieu
du sourire affectueux et serein qui le soir rem-
plissait la maison de son rayonnement, j'entends éclater des cris qui me gâtent le seul
moment du jour où je me sente heureux.
Une autre crainte, plus personnelle, mais
plus inavouable, me saisit : je sais que les
femmes sont rarement épouses et mères à la
fois, je sais que les meilleures sont plus mères qu'épouses, — et je me vois chassé de
son cœur par cette créature de demain, et
je suis jaloux. J'étais si heureux d'occuper
entièrement ses pensées, de savoir que j'a-
vais tout son amour comme elle a tout le
mien !... Maintenant, il faut partager, et
c'est la moindre part qui m'échoit : je ne
suis plus qu'un point dans son espace ; elle
s'aperçoit à peine de mon absence ; elle ne
guette plus mon retour ; son esprit ne me
suit plus quand je la quitte et me quitte
quand je suis auprès d'elle...

... Cependant, je me dis que ce sont là

d'odieux sentiments, des sentiments contre
nature, inconnus aux cœurs simples, que je
dois rougir d'éprouver. Je devrais être heureux, bêtement, comme tout le monde en
pareil cas : car enfin, il est reconnu depuis
des milliers d'années que c'est un bien d'a-
voir des enfants, une joie de se sentir revivre en eux, une satisfaction de contribuer
à l'éternité de l'espèce. Mais je ne peux pas,
et je me demande ce qui me manque ou ce
que j'ai de trop. Sont-ce les autres qui sont
dupes?.. ou suis-je un égoïste trop conscient?..

Naturellement, je m'efforce de cacher ces
pensées à ma femme. Mais elle a deviné : et,
au lieu de faire des projets pour *son* avenir,
nous évitons de parler de *lui*. Parfois, je
surprends dans ses yeux une plainte, un
reproche ; je sais qu'il suffirait d'un mot pour
les dissiper, — et ce mot, je ne puis le dire.
J'essaye de lui donner le change en l'entou-
rant de soins : elle m'en est reconnaissante
et ne s'y trompe pas. C'est la première dis-
sonance qui éclate entre nous. J'ai pu avoir

jusqu'à présent l'illusion que notre union était complète : je ne l'ai plus. Je sens que nous sommes deux, que nous avons deux cœurs différents, deux esprits qui s'en vont en sens inverses, et par moments il me semble de nouveau, comme autrefois, que je suis seul : seul à parler une langue, au milieu d'étrangers qui sont bons pour moi sans me comprendre....

... Puis, je secoue ces obsessions, je leur échappe en me disant qu'il nous reste quelques mois encore , qu'il ne faut pas les gâter, que.... Mais je recule devant les pensées qui se formulent en moi quand mon esprit se tend vers cet avenir pourtant si naturel, si humain, et qui m'épouvante comme une catastrophe inattendue.

XIII

Paris, février.

Je n'ai pas de plus grand plaisir que d'avoir chez moi, seul à seul avec nous, un de nos amis les plus intimes, avec qui je me sens entièrement à l'aise, par qui je me crois pleinement compris. Dans la tiédeur de la chambre bien chauffée, la soirée se dissipe en causeries qui touchent à tous les sujets, et le vent qui gronde dehors nous accompagne 'en sourdine comme le chœur inentendu des idées étrangères dont nous serions froissés.

Il en est un surtout, T***, que j'aime entre tous. Presque fluet de taille, trop mince, très blond, le corps et les membres comme affinés par le travail intérieur, il a dans ses allures, dans l'élégance recherchée de sa mise très simple à laquelle correspond la parfaite élégance de ses gestes, de ses poses, de sa parole, il a dans tout son aspect, dans tout son être, quelque chose de féminin et de viril à la fois, la délicatesse et la force. Il est beau, d'une beauté discrète qu'on devine plus qu'on ne la voit, d'une beauté de traits réguliers, au dessin pur, qu'anime la vie intense de ses yeux merveilleux, de

ses yeux dont la clarté a des pénétrations
infinies et des naïvetés sans bornes, de ses
yeux qui veulent être froids et restent remplis de bontés, d'enthousiasmes et de tendresses. Sa voix est grave, un peu virile, un
peu sourde, d'un timbre inoubliable. Et
seul parmi les hommes que je connais, il
vit toujours, sans effort et sans prétention,
dans le monde des hautes pensées.

Nous nous sommes rencontrés il y a dix
ans, par hasard, n'importe où; et sa première poignée de main m'a conquis par
sa franchise. Depuis, séparés parfois pour
un temps, mais nous retrouvant sans cesse,
nous avons marché côte à côte, préoccupés
des mêmes questions, cultivant les mêmes
sympathies, épris des mêmes chimères,
regardant ensemble passer nos idées et
s'éloigner nos horizons : et je lui dois de
savoir ce que c'est que l'amitié.

Combien de conditions sont nécessaires à
la réaliser !... Il y a des hommes que j'aime,
parce que des liens d'habitude, d'idées ou

d'intérêts communs se sont formés entre
nous et peu à peu sont devenus d'agréables
chaînes; il y en a que j'estime, à cause de
la dignité de leur vie, des qualités de leur
cœur, de leur culture ou de leur esprit; il y
en a que je respecte pour la trempe de leur
caractère, pour la hauteur de leur intelligence, pour ce qu'il ont fait, souffert ou compris.
Quelques-uns même réunissent deux ou trois
de ces conditions : ils rentrent déjà dans la
petite classe de ceux dont le commerce m'est
précieux. T*** les réalise toutes, à leur plus
haut degré : aussi, pour lui, mon respect et
mon estime s'élèvent jusqu'à l'admiration, et
mon amitié irait jusqu'au dévouement. Il m'a
fait arriver à ce degré si haut, que la plus
exigeante affection ne le demande qu'en
paroles, et que la plus pure charité l'entre-
voit sans l'atteindre : je l'aime plus que
moi-même...

Et pourrais-je concevoir un plus noble
sentiment? Il n'a pas la passion, l'inconscience de l'amour ; il est réfléchi, calme, à

l'abri des surprises ; mon intelligence s'est appliquée à le former, ma raison le sanctionne. Je le cultive et j'en suis fier, et je pense qu'il durera toujours, aussi longtemps que notre vie. Il est, me semble-t-il, à l'abri des attaques : je ne vois ni rivalité ni hasard qui puissent le menacer. Il ne peut que grandir avec les années, à mesure que croîtront nos intelligences et que s'élargiront nos cœurs.

Que je me sentirais incomplet, sans une telle amitié ! Souvent nous rêvons de la voir s'étendre, nous voudrions être plusieurs attachés par la même chaîne, à marcher ensemble unis et solidaires. Mais ceux que nous pourrions joindre à nous, — et ils sont rares, — sont retenus par la diversité de leurs intérêts, de leurs occupations, de leur vie : nous ne les connaissons pas assez, nous restons séparés d'eux par ce je ne sais quoi d'invisible qui sépare obstinément des êtres presque frères, et qui entre nous deux est détruit...

XIV

Paris, février.

Quel triste prélude aux « joies de la ma-
ternité » que ces ébranlements de santé qui
accompagnent les premiers mois de la grossesse ! La vie est comme arrêtée : plus de promenades, plus de sorties, plus rien. L'escla-
vage a commencé : le petit être, qui n'existe
pas encore, vous tient déjà, vous gouverne,
vous tyrannise ; chaque fois que vous l'oubliez, il vous rappelle brusquement par une
secousse intérieure qu'il attend, qu'il va venir, qu'il a déjà ses besoins, ses volontés,
ses caprices. Allez ! allez ! vous ne lui échap-
perez pas ! Il sait que vous êtes sa mère, que
vous lui devez de lui avoir donné le jour,
et que, même quand les ciseaux de l'accoucheur
auront rompu le fil qui le fait chair de votre
chair, le lien subsistera, tout aussi fort, l'attachant à vous, vous attachant à lui. Déjà
maintenant, vous lui appartenez entière.

Je le lis dans vos yeux qu'il remplit, je le
devine dans vos regards où je vois passer
son reflet, je le pressens à l'énergie patiente
avec laquelle, doucement résignée, vous
souffrez par lui, tordue sans plainte dans les
angoisses du haut-le-cœur ! Je me l'imagine
raisonnant déjà, ce petit être amorphe, ayant,
dans les ténèbres de son inconscience, de per-
fides malices, se plaisant à contrarier vos projets pour le plaisir d'être despote, ne vous laissant jamais l'oublier un quart d'heure et vous
criant sans voix, à chaque geste que vous
faites, à chaque volonté qui vous vient :
« Je suis là !.. Je suis là !.. Je suis là !.. »

Oui, oui, je le sens, nous sommes trois
déjà. Il est fini, notre duo d'amour, le long
duo que nous avons chanté pendant plus d'une
année dans l'insouciance de nos deux vies
doucement unies, si entièrement, si exclusivement l'un à l'autre, que nous croyions
que cela durerait toujours ainsi ! Il va se
résoudre en un cri d'atroce douleur, que
vous pousserez avec joie, dont je resterai

frémissant, qui sera le signal d'une phase
nouvelle où vous êtes heureuse, où moi j'ai
peur d'entrer. Que sera-ce donc ? Je n'en
sais rien, mais je redoute tout. Nous étions
si heureux, et c'est déjà si changé depuis
qu'IL est là !...

XV

Paris, avril.

Elle vient encore m'attendre à la gare, —
quand IL la laisse tranquille — les jours où
elle sait que je dois rentrer par le train. Dès
la station de Passy, je me mets joyeusement
à la portière pour voir apparaître la Seine,
les collines de Meudon où les arbres verdis-
sent, l'aqueduc, —ce paysage délicieux que
baigne le premier soleil. Elle est à mi-che-
min du boulevard Montmorency, elle me voit,
elle agite son parasol, je la salue avec mon
mouchoir, comme si je revenais d'un long
voyage. Elle est allée trop loin et voudrait

marcher vite pour être là quand je sors de la
station : elle ne peut plus... Je vais au-de-
vant d'elle, je lui prends le bras, nous ren-
trons ensemble, gais comme de jeunes
amoureux. Le printemps souffle sur nous ;
j'ai échappé à Paris qui gronde et s'agite et
travaille là-bas ; nous en sommes très loin,
dans un pays tranquille, sous un ciel amical, en province, à la campagne, que sais-je ?
Et nous filons d'un pas léger par la rue que
bordent des boutiques de sous-préfecture, où
glissent de rares passants...

XVI

Houlgate, juillet.

Un triste mois de juillet, tout en pluies,
avec un ciel d'automne couvrant la mer fuli-
gineuse. Sitôt que la pluie cesse une demi-
journée, nous allons errer le long de la
plage, sous les falaises coupées en arêtes vi-
ves ; ou bien nous prenons un de ces petits

sentiers creux qui, entre deux haies touffues,
filent à travers la campagne. Elle est verte
d'un vert intense, du vert jaunissant des
herbes défleuries, émaillées encore çà et là
de myriades de camomilles, du vert aigu
des pommiers arrondis, des sureaux et des
frênes, du vert plus doux des files de peu-
pliers, tachée à peine, de place en place, par
de blancs miroitements de trembles. Puis,
du haut des collines, apparaît au-dessous la
mer ouverte entre les deux pointes de Cher-
bourg et Sainte-Adresse, la mer qui gronde
et qui chante de sa voix toujours chère,
apaisante et religieuse comme un cantique,
tour à tour palais des rêves et tombeau des
oublis; ou encore, c'est la Dive qui coule lentement entre ses berges sablonneuses, doucement mélancolique comme tous les fleuves
qui vont finir, en secouant des vapeurs opa-
lines dans la grasse pleine normande qui
s'élargit au loin.

Je pense à cette autre mer, bleue sous le
ciel bleu, qui nous riait, il y a dix-huit mois,

quand nous partions ensemble pour l'inconnu
de notre vie à deux..... Je me rappelle les
questions que je lui posais alors et celles
que je lisais dans ses yeux, et les mille incidents futiles de l'existence journalière qui
leur ont apporté leur réponse. Avons-nous
changé ?... Sommes-nous les mêmes ?...
D'autres flots maintenant nous jettent dans
leur musique des questions nouvelles, et
si, là-bas, le bleu de l'Infini était plein de
promesses, — que penser maintenant de cet
horizon sombre, de ces nuages qui s'amon-
cellent, de ce vent qui pleure ?...

Je pense aussi que c'est notre dernier
voyage en tête-à-tête, notre dernier voyage
d'amoureux. Déjà, il n'y a plus l'abandon
d'autrefois : comme elle courait légère sur
les rochers de la Riviera, — et comme elle
marche péniblement sur le sable uni de
cette plage ! Comme elle était gracieuse et
enfant, — comme elle est femme et déjà
mère !... Ah ! pourquoi ne peut-on pas rap-
deler le passé, ce passé dont on ne jouit

jamais sur l'heure, qu'on ignore et qu'on
méconnaî.... Maintenant que je vois s'ouvrir une phase nouvelle, je regrette toutes
les heures où nous avons été trop graves,
toutes les minutes où nous ne nous sommes
pas aimés assez, les promenades à deux que
nous aurions pu faire et n'avons pas faites et
ne ferons jamais ; je regrette, — oh ! combien vivement ! — de n'avoir pas donné assez de temps aux doux enfantillages qui ne
reviendront plus !...

Un à un, tous semblables, les jours s'égrè-
nent ; et je finis par trouver qu'il y a du bon
dans le gris de ce ciel bas...

XVII

Paris, fin d'août.

Nous sommes rentrés, parce que le terme
approche.

Que j'envie les braves gens qui vont sans
angoisse au devant des « choses naturelles »,

comme ils disent, acceptant tout parce que
« cela doit arriver », ou, « arrive à chacun » !...
Je pèse des chances, je calcule des probabilités, et il n'y a pas de jour où je n'examine
en détails les diverses hypothèses qui peuvent se réaliser. Je sais déjà ce qu'il faudra
faire si c'est une fille, ou un garçon, ou des
jumeaux, — car le cauchemar des jumeaux
me hante, — si les couches sont pénibles ou si
elles ne le sont pas, si l'enfant meurt, ou la
mère, ou tous les deux... Oui, j'ai déjà vécu
toutes ces solutions, — et j'ose à peine m'a-
vouer avec quelle ridicule intensité d'angoisse, avec quelle absurde soumission à la
pensée obsédante...

Elle, très calme, met la dernière main à
la layette. Elle a voulu coudre elle-même,
naturellement. Elle sait pourtant que je déteste la voir occupée à des travaux d'aiguille, et jusqu'à présent elle s'en abstenait
pour me plaire. Mais j'ai été sacrifié, déjà.
Et le soir, en tirant son fil, elle me jette
de temps en temps un regard très signifi-

catif. Oh! je le comprends, il est assez clair,
il veut dire : « Oui, oui, je sais bien que
cela t'est désagréable, parce que tu as des
idées à toi sur la couture, et j'en suis désolée,
sincèrement... Mais quoi! Je veux absolument que ces petites choses soient mon ouvrage, j'y tiens; et puis tu ne seras bientôt
plus seul à régner dans la maison, mon cher :
il faut t'habituer à compter avec Lui...» Et
avec cette hypocrisie un peu cruelle des
femmes qui feignent volontiers de croire
qu'elles cachent le mal qu'elles font en ne
l'avouant pas, elle me consulte sur la coupe
des chemises, des brassières et des tabliers...

Maintenant, dans tous les coins de l'appartement, au salon, dont elle aimait l'ordre,
jusque sur ma table de travail à laquelle j'a-
vais obtenu qu'on ne touchât jamais, je
trouve des langes et des tricots. Il y a surtout un petit costume saumon, au crochet,
qui m'agace horriblement et qui paraît se multiplier. Il prend toutes les poses : je l'ai déjà
vu étendu sur les canapés, debout contre

les dossiers des chaises, pelotonné sur des
fauteuils, vide, veule, et pourtant vivant à
sa manière, — et je me représente ce que
ce sera quand il criera, pleurera, grognera
sans cesse...

Quelquefois, je me moque de moi-même,
je me tourne en héros de vaudeville, et je ris
à mes dépens. Mais plus souvent, il me vient
des indignations contre la destinée, en pensant aux braves gens qui voudraient tant
avoir des enfants, et qui n'en ont pas, et qui
souffrent toute leur vie de n'en pas avoir...
Il va sans dire que je garde tout cela pour
moi ; je m'efforce de le cacher sous mon air
habituel que je réussis mal à prendre, et
j'attends... Hélas ! les jours n'ont jamais fui
si vite, et je n'ai plus longtemps à attendre !...

LIVRE DEUXIÈME

PATERNITÉ

I

Oh ! l'affreuse journée, à jamais inoubliable, grosse d'angoisses inconnues, pleine de
révélations !...

J'avais tout prévu, tout calculé ; j'avais
d'avance entendu les lamentations, mesuré
mes craintes, escompté l'effarement de la
maison, — et c'est autre chose, et c'est pire !..
Et à présent que c'est passé, je vois que cela
aurait pu être pire encore, si c'eût été la
nuit, si la garde n'avait pas été là depuis
l'avant-veille, si le médecin n'était pas resté
avec nous tout le jour...

6

Les douleurs ont commencé vers les cinq heures du matin, coupant le sommeil à cette heure indécise où le crépuscule lance à travers les stores ses premières lueurs, où l'on n'a pas encore secoué la fatigue de la veille ni la torpeur des rêves de la nuit. Elles ont commencé lentes d'abord, en sourdine, mystérieuses, presque pareilles à d'autres douleurs déjà éprouvées : « Ce n'est pas encore cela... C'est autre chose..., peut-être un plat trop lourd du dîner... » La garde, réveillée, a cité trente-six cas de son expérience pour conclure qu'elle ne savait pas. Le médecin mandé a dit qu'il fallait attendre pour être sûrs et qu'il reviendrait dans deux heures... Oh ! ces deux heures, cette incertitude !... A son retour, il n'a plus cherché à nous donner le change : c'étaient les « petites douleurs » ; les « grandes » viendraient après...

Voici les préparatifs qui commencent : la garde tourne dans la maison, remuante, curieuse, vidant les armoires et donnant des ordres à la femme de chambre, tandis que la bonne, notre pauvre vieille Marianne, qui m'a vu naître, épeurée, gémissante, demande à ses souvenirs confus ce qu'il faut faire, ce qu'on faisait autrefois. Désemparé, je passe d'une pièce à l'autre, essayant de lire, ouvrant dix volumes l'un après l'autre, l'esprit tendu vers une pensée unique qui ne se formule pas et fait le vide dans ma tête en tournant sur elle-même... De temps en temps, j'entre dans la chambre, je m'approche d'elle : elle est anéantie, elle a les traits crispés, les yeux tordus, — ses bons yeux aimants qui se lèvent encore vers moi avec une expression d'indicible souffrance. Je lui prends la main, et recommence à ouvrir et fermer les portes, plein de remords, plein d'effroi, désespéré de ne pouvoir rien.

D'heure en heure, le mal augmente et les cris se rapprochent : toujours plus déchirants, ils viennent rompre la plainte uniforme et dolente, et vibrent en moi, avec tous les reproches secrets qu'ils contiennent ou que je leur prête. De vagues questions, mille fois posées, me hantent : est-ce que la vie, qui vaut si peu, vaut de telles souffrances ? Pourquoi faut-il payer d'un tel prix le misérable droit à l'être qui n'est que le droit au malheur !... Je me prends en haine pour le mal que je lui ai fait, et je hais, oh ! je hais ce fœtus informe qui la torture avec des raffinements de bourreau...

La matinée a passé lentement : une interminable matinée grise, où des nuages s'amoncelaient avec des menaces. Un coup de vent les a balayés, et le soleil l'emporte : c'est maintenant une de ces belles journées où le ciel limpide proclame son indifférence aux misères humaines. De temps en temps, j'ouvre la fenêtre et regarde : au loin, les sommets des arbres du Bois, déjà jaunissants, ondulent et chatoient ; les toits étincellent ; ce que je vois de la ville semble calme, en plein repos ; et les édifices, les rues, les arbres, tout disparaît, enveloppé dans l'immense coupole transparente et bleue

où l'activité des hommes monte en fumée,
où leurs cris vont se perdre. Un instant, l'irrésistible mélancolie des jours d'automne
m'assoupit, je me dissipe dans les choses, je
perds le fil de mes angoisses, — jusqu'à ce
qu'un cri plus strident me réveille dans un
frisson.

Le médecin a pris un livre sur ma table
et tourne les pages méthodiquement. Toutes
les demi-heures, il interrompt sa lecture pour
s'approcher de la malade, et nous échan-
geons quelques paroles. Il me dit chaque
fois que « ça va très bien »... Qu'est-ce que
ça doit être, grand Dieu ! quand ça va mal ?...
D'ailleurs, il est très compatissant, très bon:
son commerce quotidien avec la souffrance
ne l'a pas endurci. Il trouve les mots qui
conviennent, il apaise et rassure par son
attitude de tranquille patience. Je lui demande si ce sera bientôt fini. Naturellement,
il me répond oui; mais son air dit plutôt le
contraire. Je crois qu'il se moque un peu de
moi, dans son for intérieur : « Ah ! les

maris, s'est-il écrié en affectant un ton de
plaisanterie, on devrait toujours les envoyer
à la campagne, ce jour-là... » J'ai la lâ-
cheté de trouver qu'il a raison...

..... Cette fois, les cris et les spasmes
augmentent d'intensité et se suivent presque sans arrêt ; il m'a demandé si je
l'autorisais à employer le chloroforme. —
Comment donc ! mais certainement ! Pourquoi n'en a-t-il pas parlé plus tôt ? Je n'y ai pas
pensé, moi, je ne savais pas. Il hésite, il
se méfie... Ah ! d'abord, avant tout, adoucir
cette torture !... Si j'étais à la place de celle
qui souffre, moi, je ferais bon marché de la
vie, en un tel moment ; et je ne veux pas
être plus égoïste pour elle que je ne le serais
pour moi-même. Il me revient que souvent,
ensemble, nous avons dit que nous ne re-
doutions pas la mort, mais la douleur : la
mort est inévitable, il faut l'accepter ; la
douleur est anormale, monstrueuse, injuste...
Je ne veux pas qu'elle souffre, si on peut
l'empêcher de souffrir.

C'est moi qui vais à la pharmacie, — à deux pas. Mais ce but d'un instant, ces cinq minutes où j'ai quelque chose à faire, quel repos, quelle joie !... Si je n'étais pas si pressé de la soulager, je voudrais que le pharmacien me fît attendre un peu . D'ailleurs, il met le temps à coller son étiquette à tête de mort, à envelopper le bouchon, à ficeler, à cacheter. Il me demande des nouvelles, avec sa bienveillance indifférente, en bon marchand qui sait que, pour plaire aux clients, il faut feindre de s'intéresser à leurs maux. Je feins aussi de croire à sa sympathie, pour lui expliquer tout, et davantage, parce que cela soulage de parler. Il me rassure, — et je remonte quatre à quatre mes étages, heureux et inquiet à l'idée que cette liqueur blanche que je porte est la douce, la bienfaisante, la sainte anesthésie...

Alors, les cris changent de caractère. Ils perdent leur acuité rauque, irréconciliable, continue ; ils ne sont plus qu'une plainte in-

termittente, presque résignée, presque douce,
une plainte qu'on dirait poussée en rêve,
pendant la fièvre. Les crises sont coupées
par une application de chloroforme à mesure qu'elles se produisent, et le travail s'accomplit, ralenti peut-être, mais sans souffrance...

Maintenant, les heures avancent sans péri-
péties, remplies par les alternatives régu-
lières de la lutte entre la douleur, qui veut
toujours reprendre, et le stupéfiant, qui la
dompte. Le soir approche: est-ce que la nuit
va venir avant la fin? Je la redoute; il me
semble que l'anxiété doit y compter double,
et qu'enfiévré par une journée comme celle
d'aujourd'hui, on doit vibrer plus fort dans
l'obscurité, dépourvu de ce courage qu'en-
tretient le sentiment du plein jour...

... — Cela ne finit pas : je vais prendre
les fers...

— L'opération dure-t-elle longtemps?..

— Quatre ou cinq minutes, à peine...

.... Je me réfugie dans la chambre la plus

écartée de l'appartement. Les cinq minutes
passent. D'autres encore. Mon Dieu! qu'y
a-t-il donc ? Suis-je trop loin pour entendre?
Est-ce que les cris se sont tus ?..Je me rapproche, j'entends un râle abattu, exténué, que
coupent les exclamations furieuses du médecin et des bruits de pas et d'efforts. Et cela
dure, cela dure, cela dure, et c'est le moment décisif qui se prolonge ainsi... Tout à
coup, un cri suprême, d'agonie ou de délivrance, suivi d'un autre, éternuement, glous-
sement, vagissement de petite bête. Et la
garde qui exclame:

— C'est une fille!..

Et le médecin qui s'écrie, après un ouf !
dans la naïve satisfaction de ce qu'il vient
de faire:

— Qu'elle est belle!..

La porte s'ouvre et la vieille Marianne
apparaît, radieuse, portant l'enfant dont elle
s'est emparée:

— Embrassez-la, Monsieur ?..

... Ah! non, par exemple, non, non !.. Je

n'éprouve pas le moindre sentiment pour
ce paquet de chair rouge, qui se violace et
qui glousse. Sa vue n'éveille en moi aucune
paternité endormie. Je me détourne avec
horreur, laissant la pauvre bonne femme stu-
péfaite, et je m'approche du lit...

C'est elle, que j'embrasse, c'est elle qui
garde toute ma tendresse : elle est là, molle,
brisée, endolorie, souffrant toujours, demandant si c'est bien fini, tandis qu'il faut
la tourmenter encore à cause de l'hémorrha-
gie possible, des autres dangers. Tout en lui
donnant les derniers soins, le médecin nous
explique que l'opération a été très difficile :
l'enfant avait, paraît-il, la tête énorme. Je
ne l'écoute guère. Je me répète que cette
affreuse journée n'est plus qu'un souvenir ;
il me semble que tout est pour le mieux ;
je n'ai que des idées très vagues ; je suis
très heureux, heureux bêtement, comme
peut l'être un homme qui vient d'échapper à
un grand danger et regarde de haut la mer
qui l'a lâché ou l'abîme qui n'a pas voulu de

lui. — Dans son épuisement, dans la som-
nolence qui la berce, elle éprouve, je crois,
une même sensation : je lis dans ses yeux
qu'elle jouit immensément, pour la première
fois, de vivre et de ne plus souffrir.

La bonne Marianne rapporte la petite,
qu'elle a emmaillotée :

— Voulez-vous l'embrasser, Madame?...

Elle répond par un geste de suprême lassitude, et se détourne...

... Décidément, cela ne ressemble pas à ce
qu'on lit dans les romans de famille... Le
médecin dit à Marianne, qui fait mine de
revenir à la charge :

— Laissez-la donc ! Vous voyez bien qu'elle
n'en peut plus !...

Mais en même temps, je l'entends murmurer,

— Drôles de gens, tout de même... Une
belle enfant comme ça !...

. . . .

— Tout est rentré dans l'ordre...

Elle s'endort, doucement, d'un bon som-

meil paisible... La garde s'installe pour la
nuit... Le médecin prend congé... La petite
est dans son berceau... Je reste à rêver un
moment encore : j'entends encore sonner
dans mes oreilles ses cris, ses affreux cris
réguliers, et je vois passer devant mes yeux
de vagues visions où il y a des blessures, des
plaies et du sang...

II

Le lendemain.

Nul incident. Le médecin est satisfait : tout
va bien. Nous avons échappé à un mauvais
rêve ; nous nous secouons comme après une
nuit de sommeil enfiévré ; les images de la
veille se dissipent peu à peu, ne sont déjà
plus que des visions sans réalité. Elle est
reposée et ne souffre plus. « Il me semble,
m'a-t-elle dit, que je reviens d'un long
voyage. » Très long : les heures de souffrance
doivent compter au centuple ; et puis, dans

cette crise suprême d'où se dégage une vie,
on va bien près de la mort : elle vous guette ;
une négligence, un rien peut lui livrer passage, ou bien, sans raison, brutalement, elle
peut forcer la porte, prise soudain d'un de
ces féroces caprices qui la poussent toujours
sur les êtres les plus aimés, les plus précieux,
les plus parfaits...

L'enfant est mince, aux membres fluets,
mais, dit-on, bien constituée et bien faite.
Tout le monde la trouve jolie : elle me paraît effectivement un peu moins laide que les
autre bébés, — peut-être parce qu'elle est le
premier que je regarde de près. Du reste,
j'en ai peur, j'ose à peine la toucher, et je
me suis presque fâché quand Marianne a
voulu me la mettre sur les bras. Sa vue me
cause une sorte de malaise : quand on l'apporte dans la chambre où je me trouve, je
bats en retraite, talonné par la pensée qu'elle
existe, et que c'est ma faute, et que je lui
dois tout. J'aurai beaucoup de peine à devenir un bon père, dans le sens ordinaire du

mot, c'est-à-dire un père heureux de sa paternité et fier de ses enfants : mais je le suis déjà par le sentiment de ma responsabilité, et l'on ne peut prendre plus au sérieux que moi un devoir qu'on n'avait pas la veille, dont on n'avait jamais mesuré l'étendue, et qui se découvre soudain comme dans une marche une route nouvelle à suivre jusqu'au bout...

Nous nous demandions parfois, AVANT, comment nous élèverions l'enfant pendant ces premiers mois où il végète sans donner aucune joie. Nous étions tombés d'accord que nous ne voulions pas de nourrice à la maison, et que la mère ne nourrirait pas : nous avions donc le choix entre la campagne et le lait de vache. Moi, j'inclinais pour la campagne : les enfants y sont parfois très bien ; s'il y sont mal, ils ne s'en aperçoivent guère, puisqu'ils sont à peine conscients, — et l'on est débarrassé d'eux. Elle, avec sa tendresse naissante, résistait un peu : elle tenait pour le lait de vache ; mais elle aurait

fini sûrement par céder. Eh bien ! tout a
changé. L'idée nous est venue à tous deux en
même temps qu'aucune de nos solutions
n'était la bonne, que la meilleure, la seule
normale, était au contraire une de celles que
nous avions repoussées de prime abord : il
faut que la mère nourrisse... C'est tout son
temps qu'elle livre, la tranquillité des nuits,
la liberté des sorties, nos promenades, notre
intimité : car enfin, il y aura toujours entre
nous l'appétit régulier du petit être. C'est un
grand sacrifice, le premier, qui sera suivi
d'une longue série d'autres plus lourds d'année en année, nous prenant notre indépendance, nous prenant nos forces, nous prenant notre vie... Et ce que je redoute, c'est
qu'en donnant à l'enfant, chaque jour, un
peu de ses forces, un peu de son sang, c'est
qu'en l'ayant toujours près d'elle, en elle
presque comme lorsqu'il était dans son corps,
— elle ne l'aime trop : mon dévouement
n'irait pas encore jusqu'à céder la première
place que j'ai dans son cœur ; et pourtant je

la laisse faire, je me résigne comme devant
une de ces nécessités inéluctables qui s'im-
poserait stupidement sans qu'on puisse rien
contre elle.

Avec notre habituelle indécision, nous n'a-
vions pas choisi le nom d'avance : il y en a
tant dans le calendrier ! Poussés par l'ur-
gence de la déclaration de naissance, nous
avons pris Marie, parce que c'est simple et
doux, et je suis allé remplir mon devoir de
père-citoyen. Un ami qui est mon voisin, a
bien voulu m'accompagner ; au poste de la
rue de la Pompe, nous avons réquisitionné,
pour servir de second témoin, un pompier,
un jeune petit pompier blond, timide, humble,
et qui, habitué à rendre de tels services, nous
a conduits d'étage en étage, à travers la mairie de Passy, au bureau qu'il nous fallait.
Là, deux ou trois gratte-papiers, d'un air
rogue, m'ont interrogé avec des allures d'in-
quisiteurs ; je sentais en eux le désir de
nous envoyer tous les trois au cachot, pour
faire acte d'autorité... La tyrannie de ces

menus despotes m'explique, en passant, les
lettres de cachet : ce doit être une volupté
suprême, pour de basses natures, que de détruire d'un paraphe la liberté du prochain.

Jamais je n'ai senti plus vivement l'odieux
et le ridicule de *l'ordre civil*. Il faut donc
que tout passe par ces bureaux malpropres,
par cette encre officielle, par ces mains grais-
seuses, tout ce qu'on éprouve de sacré, l'a-
mour et le deuil. Vous y êtes inscrits en ve-
nant au monde, et vous en serez l'esclave
toute votre vie, jusqu'au jour où vos héri-
tiers viendront y faire dresser votre acte de
décès, que dis-je? après encore, quand, au
bout de sept ans, quelque coup de plume
fera disperser vos cendres aux vents, si la
munificence d'un fils pieux ne vous a pas
fait l'aumône d'une concession perpétuelle.
Oui, lorsqu'on pénètre dans ces salles pous-
siéreuses, avec un pompier complaisant pour
guide et pour garant, on comprend qu'au
fond on n'est pas un homme, mais un matri-
cule, un numéro, un casier, et que cette

7

absorption de notre individualité par un re-
gistre est l'immense service que nous rend
la société, le service pour lequel nous lui
devons une reconnaissance infinie. Plus elle
est complète, plus nous sommes fiers des
progrès de la civilisation. Volontiers, j'imagine que dans deux ou trois cents ans la
bureaucratie administrative aura achevé sa
conquête : elle a déjà pris la naissance, le
mariage et la mort; elle prendra l'école, le
ménage, la famille, le travail, l'épargne et
l'intelligence. Sans doute, nous avons des
chances de ne pas voir ce triomphe du
civisme moderne : mais nos enfants ou les
enfants de nos enfants le verront, eux...
Pauvre petite Marie, fille légitime de... et
de..., etc., qui sait ce que te coûtera la
petite feuille sur laquelle on vient de certifier
ta naissance !.. Ne t'inquiète pourtant pas
outre mesure, nous sommes encore au dix-
neuvième siècle, et n'est-ce pas une consolation d'y être né, que de penser qu'on aurait
pu naître au vingtième ?..

En sortant, j'ai versé ma mauvaise humeur dans le sein de mon ami et du petit pompier auquel nous avons offert un verre de bière dans un cabaret voisin. Il était étonné, le petit pompier, lui qui, quoique fier de son casque et de son uniforme, doit pourtant quelquefois, quand il sert de témoin comme aujourd'hui, se sentir cruellement inférieur aux gratte-papiers de la mairie. Il a hoché la tête en homme inconvaincu, et m'a expliqué qu'il était aussi venu, il y a quelque temps, déclarer un enfant pour son propre compte, et que ça ne l'avait pas gêné du tout. J'ai compris que je faisais fausse route, je me suis tû, et l'ai engagé à aller chercher son brigadier : ce qui lui a été fort agréable, et a achevé de donner un caractère solennel à l'imposante cérémonie que je venais de remplir. Puis nous nous sommes serré la main, mon ami a pris l'omnibus de la Bourse, et je suis rentré seul, en rêvant au bon vieux temps où des prêtres qui ne savaient pas écrire tenaient les registres de la

paroisse, et à des temps plus reculés encore,
aux patriarches, aux nomades, aux braves
gens qui n'avaient encore inventé ni les plu-
mes de fer, ni l'État civil...

III

Paris, octobre.

Cette guérison régulière, ce retour pro-
gressif des forces, cette espèce de renaissance qui succède peu à peu à l'effroya-
ble ébranlement, nous valent de bonnes journées, remplies de petites joies douces. C'est
le premier œuf à la coque, qu'on savoure et
qui, avec le verre de Bordeaux, dure aussi
longtemps qu'un vrai dîner... C'est le premier
pas, à mon bras, dans un vertige : le plan-
cher fuit, tout tourne, et c'est charmant, car
voici que bientôt les objets reprennent leur
place et la gardent... C'est enfin la première
sortie : on descend avec mille précautions,
on est arrêté par la bonne femme de con-

cierge, qui veut savoir que ça va mieux, on
est étourdi en se sentant soudain baigné par
le grand air. Le fiacre monte la rue d'Auteuil, où rien n'est changé, et passe sous le
viaduc du chemin de fer. On est au Bois. La
journée est très belle, chaude encore, de
cette douce chaleur d'automne qui vous pénètre jusqu'aux moelles ; des souffles tièdes
passent dans l'air ; des tapis de feuilles
couvrent déjà les chemins, et les arbres jaunissants ont de tristes balancements qui
pleurent et les découronnent. Pourquoi faut-
il que l'hiver soit tout près ? Il serait si bon
d'avoir tout l'été devant nous, pour jouir li-
brement, après la longue angoisse, de ces
feuilles maintenant mortes, de la chaleur qui
s'en va, des fleurs coupées, des oiseaux qui se
sont tus !... Plus que jamais, nous éprouvons
le désir, l'immense désir d'aller courir le
monde : et, comme elle y rêve tout haut, il
faut que je lui rappelle la despotique petite
créature qui, des deux oiseaux bohêmes que
nous voudrions être a fait deux pigeons de

basse-cour. Ah! nous n'avons pas assez pro-
fité de nos deux ans d'indépendance ! Nous
remettions un projet de voyage, au moindre
obstacle, comme s'il n'en devait jamais venir de plus grand. A présent, c'est fini : nous
resterons sur place...

En rentrant, nous causons du ménage,
qui va reprendre sa physionomie habituelle :
la garde part aujourd'hui même, enfin !...
Nous allons retrouver notre bonne vie intime. On le dit avec conviction. Moi, je
feins de le croire, mais je n'en suis pas persuadé ; en tout cas, ce ne sera plus la même
chose, c'est un nouvel apprentissage à faire
Les femmes peut-être deviennent mères du
jour au lendemain, mais la paternitée, cela
ne s'apprend pas aussi vite...

IV

Paris, décembre.

Une chose qui m'amuse, c'est la perpétuelle extase de la vieille Marianne devant

l'enfant. Elle la couve des yeux. Elle l'admire dans toutes ses poses. Elle babille et gazouille devant elle avec des gloussements de poule, avec des risettes et des grimaces qui tordent sa pauvre figure ridée, si jaune, si parchemi-née, si laide sous sa coiffe noire. Et pour la première fois, je pense à l'existence de cette pauvre créature que je vois tourner dans mon cercle aussi loin que peut remonter ma mé-moire. Quand elle m'a vu naître, j'imagine, elle a eu les mêmes extases, les mêmes grâces, les mêmes contorsions : seulement, elle était plus jeune et moins laide, et en me berçant elle pouvait penser qu'un jour aussi elle aurait des enfants, des enfants bien à elle, qu'elle aimerait pour son compte. Mais point : la vie lui a refusé cette joie, il faut qu'elle se contente de ceux des autres. De fait, elle finit par les aimer autant que s'ils étaient siens, et elle ne demande rien de plus : pourvu qu'elle s'attache, qu'importe à qui !
Aux petits plutôt, pourtant : ils ont l'attrait de leur faiblesse, ils ont besoin d'elle, et elle

a l'illusion qu'ils lui rendent sa tendresse ;
tandis que les grands ne la regardent plus et
passent à côté d'elle sans la voir : que peut-
elle pour eux ! Elle ne leur est qu'un meuble,
utile quoique un peu encombrant, dont par
habitude on ne se priverait pas... On m'a
dit autrefois qu'elle avait refusé de se marier
pour rester chez nous, trouvant à nous servir une joie qui lui valait toutes les autres.
Ce doit être vrai : le cœur humain a de ces
tendresses déviées, de ces dévouements à
contre-sens qu'admirent ceux qui en profi-
tent. N'ai-je pas entendu souvent de bonnes
dames, du reste bienveillantes, charitables
et douces à leur prochain, célébrer les méri-
tes de Marianne et souhaiter férocement que
« toutes les domestiques soient comme
elle » ?... Et voici qu'en rêvant sur ces vieux
souvenirs, il me revient des bribes de conver-
sations d'autrefois, entendues je ne sais où ni
quand, des : « cela n'a pas de prix dans une
maison, une bonne pareille ! » des : « que
deviendrions-nous si Marianne nous quit-

tait ! » des : « Mon Dieu ! pourvu que Marianne
ne se marie pas ». Elle nous a soignés dans
toutes nos maladies, elle a pleuré dans
tous nos deuils, elle nous a secondés dans
toutes nos mauvaises heures, et jamais nous
n'avons pensé à elle, à son avenir, à ce qui
ferait son bien. Elle nous a donné sa vie,
non seulement à nous servir, mais à nous
aimer. Et en échange..., en échange, hélas !
elle n'a guère que ses pauvres gages, quelques maigres cadeaux de bonne année
qu'elle trouvait toujours trop beaux, et à
peine un peu d'affection condescendante, faite
d'indifférence et de pitié !.. Que faire pour
elle à présent ? Tout ce qu'elle demande, —
elle me l'a dit une fois, — c'est qu'on la
laisse « finir ses jours chez nous », avec l'illusion qu'elle nous est utile, que nous l'aimons un peu, qu'elle ne nous gêne pas. Elle
aura, j'espère, cette pauvre satisfaction : nous
supporterons son asthme, nous soignerons
ses rhumatismes, nous la laisserons promener
ses vieilles mains maladroites dans nos ar-

moires sans gronder quand notre vaisselle en
souffrira. Quelquefois elle m'impatiente avec
ses lenteurs, ses gaucheries et son sans-fa-
çons : je tâcherai de lui cacher mon impa-
tience. Et cette enfant dont elle aura les premiers sourires, ce sera une joie encore, —
jusqu'à ce que, grandie, elle la taquine ou
ne la regarde plus...

Que de vies ainsi déshéritées, privées de
tout ce qui rend l'existence acceptable, for-
cées à se raccrocher aux épaves du bonheur
des autres !.., Et quel inconnu plane sur les
vies nouvelles, enveloppant l'avenir de ces
pauvres êtres que nous jetons au monde !...
Le malheur n'a pas de limites : Marianne
aurait pu être plus malheureuse encore, si
elle était tombée sur des gens plus égoïstes
que nous, ou simplement si un hasard avait
dissous notre famille... Oui, les plus malheureux pourraient toujours l'être davantage,
le spectacle des douleurs des autres, auprès
desquelles nous passons en fermant les
yeux, fait frémir d'angoisse quand on s'y

arrête un instant, et qui sait, qui sait le sort...

V

Paris, décembre.

J'observe en curieux ces premières relations de la mère et de l'enfant. Il y a déjà, — ou encore, — une intime union, presque physique, dont la double nature, toute instinctive d'un côté, délicatement subtile de l'autre, provoque d'intéressants conflits. La mère, qui veut absolument faire partager au petit être le sentiment qu'elle éprouve pour lui, se dépense en grâces, et lui rit, et lui parle, et s'efforce de prendre pour des témoignages de naissante affection les vagissements qu'il pousse, ses regards et ses mouvements. Elle n'accepte pas pour ce qu'il vaut cet éveil réflexe de la conscience, qui se traduit par des mains tendues quand elle approche, par des pleurs quand elle

s'en va, par des commencements de sourire
quand elle rit. Pour elle, tous ces signes
ont un sens mystérieux et profond et correspondent à des jeux compliqués du petit
cerveau qu'elle interprète. Pendant sa grossesse, un jour, il m'arriva de prononcer le
mot de *fœtus* : elle mit huit jours à me le
pardonner. De même à présent, elle ne veut
pas admettre qu'à l'heure actuelle sa fille
est un petit animal totalement dépourvu de
connaissance, moins développé qu'un petit
chat de huit jours, pleurant quand elle n'a
pas sa mère comme des poussins s'inquiètent dès que la poule les quitte, — prête
déjà pourtant à devenir à bref délai un
insupportable enfant gâté. Quelquefois, je
proclame ces choses raisonnables, et cela
me vaut, avec un regard irrité, une de
ces retraites intérieures qui sont sa seule
défense comme aussi sa vengeance unique.
Certes, je mérite cette punition, à laquelle
je suis toujours très sensible . car je comprends fort bien ce qui se passe en elle, et

je parle comme si je ne comprenais pas.
Mais qu'y faire ? Je n'éprouve encore nulle
tendresse pour ce petit paquet de chair humaine : de la pitié seulement, une pitié qui
s'attendrit, quand je pense qu'un jour un
cœur saignera dans ce corps de lait, que
des idées tourmenteront cette tête vide, et
que pleureront ces yeux vagues qui maintenant errent sur les choses avec des ébahis-
sements inexprimés. Cette pitié, toutefois,
— pitié légère, pitié du Pharisien qui passe
devant la douleur en détournant la tête, —
n'irait jamais jusqu'à me faire vaincre ma
répugnance pour les soins qu'il faut à la
créature. J'admire comme héroïsme qu'on
les lui donne gaîment, sans cesser de sourire, sans appeler la vieille Marianne, accou-
tumée, elle, à ces nauséantes besognes.
Mais il paraît qu'il n'y a là rien d'admirable :
c'est *naturel*, cela ne coûte aucun effort,
cela s'apprend sans apprentissage. Une fine
jeune femme peut donc devenir nourrice du
jour au lendemain : faible, elle manie comme

une plume le pesant bébé qui s'agite ; délicate, elle supporte sans se plaindre son sommeil interrompu, les gerçures qui lui fendillent le sein, l'odeur atroce qui émane des langes ou du berceau ; et dans cette entière abnégation, elle trouve sa joie... J'admire et ne partage pas.

— Tu verras, quand bébé parlera, quand bébé marchera ! me dit-elle souvent.

Peut-être. En attendant, je ne sens rien dans mon cœur de père...

VI

Paris, février.

Impossible de dormir une minute, cette nuit. Des cris affreux, que j'entends encore sonner dans mes oreilles quand ils cessent un instant, qui recommencent quand je les crois apaisés, infatigables, impitoyables, des cris de machine qui va, qui va jusqu'au bout du ressort et se remonte toute seule,

des cris de chien qu'on a laissé dehors, et
qui hurle à intervalles réguliers, jusqu'au
matin. Les premières dents, peut-être, ou
Dieu sait quel inconscient caprice, quel
imperceptible bobo! Depuis quelque temps,
cela recommence presque chaque soir. Je
me réfugie au bout de l'appartement, mais
les cris percent les murailles, plus obsédants
encore quand ils sont à demi étouffés par
l'éloignement. Alors, il me vient de sourdes
fureurs contre cet être qui menace mon travail et ma liberté d'esprit, et qu'il faut supporter parce qu'il est faible, et avec lequel
on ne peut discuter. Oh! s'il suffisait de le
battre pour qu'il se tût !... Mais non, ce
serait aussi inutile que de lui expliquer posément qu'il ne sert à rien de crier, et il crie-
rait plus fort! Je pense que CELA VA DURER UNE
ANNÉE, plus longtemps peut-être, et que c'est
une année de perdue, une année sans travail sérieux, une année d'insomnie, de
maux de tête, de journées désœuvrées
et vaines !... Et nul remède : il faut que je

parte de chez moi ou que je supporte...
Tout cela, pour cet être qui n'existe pas
encore à moitié, qui n'a pas plus de conscience que de cheveux, qui geint sans
savoir pourquoi et me prend mes forces sans
que cela lui serve à rien!...

VII

Paris, février.

Ma femme a gravement posé la question
du baptême.

Autrefois, quand j'étais un mécréant agres-
sif, j'aimais à déclarer, d'un ton péremptoire,
que mes enfants ne seraient jamais baptisés.
Elle ne répondait rien, et son silence m'irri-
tait : j'en devinais la menace; je comprenais
qu'il annonçait une résistance, et que je ne
pourrais imposer mon opinion que par une
acte de tyrannie. Cette perspective me troublait un peu, quoique je fusse décidé à tenir
ferme...

Mais les temps ont marché depuis cette
époque qui me paraît déjà lointaine. Je viens
de faire un examen de conscience pour répondre en parfaite sincérité à la question de
ma femme : je trouve que je n'ai plus aucune
colère contre la religion, — bien au contraire.
Quand j'ai rompu ses chaînes, — qu'elle
avait solidement liées autour de moi, — j'eus
une période de haine et de révolte, où je rêvais d'exciter le monde au grand combat
pour la vérité contre la Foi :

> Race de Caïn, au ciel monte,
> Et sur la terre jette Dieu.

Puis cette haine s'est changée en une indifférence profonde : le sens du mot vérité
a chancelé dans mon esprit; je n'ai plus
trouvé ni critère ni preuve; je me suis dit
que ma négation était une religion aussi,
comme l'affirmation, aussi grossière, pas
plus sûre, ni meilleure..., pire peut-être...
Alors, pourquoi troubler les âmes simples ?
pourquoi les empêcher de se tromper sain-

tement? pourquoi leur apprendre qu'elle est imaginaire, la source où cependant elles étanchent leur soif?... Leur erreur est-elle plus grande que la mienne?... Est-ce que dans l'Océan d'incertitudes où nous flottons, ma planche est plus solide que la leur?... Je me suis donc promis de rester neutre dans la lutte.

J'en étais là, quand j'ai dû reconnaître que les libres penseurs me dégoûtaient de la libre pensée. Je me souviens même, à ce propos, d'un épisode qui ne m'a pas frappé sur le moment, mais qui m'est revenue souvent ensuite, comme un symbole au sens profond.

C'était au moment de la *désaffectation* du Panthéon. On en chassait Dieu pour faire place à Victor Hugo : l'adoré de la veille cédait la place à l'idole du jour, le doux Christ de l'*Imitation* fuyait devant l'homme des *Châtiments*, la bonne Sainte Vierge de tant d'affectueux miracles devant les Marion Delorme et les Lucrèce Borgia. Et c'était, disait-on, le « progrès des lumières », et la

cause de la vérité gagnait à cet échange...
Un hasard me fit entrer dans le temple. Ils
étaient là, des conseillers municipaux, des
députés, des politiciens de toute sorte, comme chez eux, le chapeau sur la tête, la canne
à la main, quelques-uns n'ayant pas éteint
leurs cigares et tout fiers de chasser avec leur
fumée les dernières traces évaporées de l'encens. Dans la majesté des voûtes, ils causaient,
riaient, gesticulaient, discutaient et dispu-
taient, insolents, irrespectueux, chacun re-
présentant la bêtise d'une majorité de quartier ou d'arrondissement, arrivés à jouer aux
maîtres même contre Dieu à force de promesses qu'ils savaient fausses, de flagorneries
éhontées et de mensonges électoraux. Dans
un coin, cependant, devant un autel resté debout pour un instant encore, une pauvre vieille
femme en coiffe noire, en tablier bleu, inat-
tentive à leur bruit, fidèle au Dieu qu'ils
chassaient, et si fervente dans son agenouil-
lement, priait. Elle avait apporté deux cierges
dont la flamme vacillait au courant d'air, et

qu'un souffle brutal éteindrait avant qu'ils
fussent à moitié consumés. De quelle douleur venait-elle poser là le fardeau? de quel
remords peut-être ? Quelle confidence adres-
sait-elle silencieusement à Celui qui comprend, compatit et pardonne ? Et quand le
dernier autel serait tombé, lequel de ces
marchands d'orviétan politique lui donnerait le moyen de soulager ses angoisses?...
Alors je compris qu'elle avait raison contre
tous; un instant, la lueur vacillante de ses
deux bougies me parut un soleil de vérité,
et, en passant devant l'autel, je pliai le genou
et fis le signe de la croix.

Ah ! pauvre vieille inconnue, tu m'as plus
éclairé que bien des lectures ! Si ta prière
s'est perdue en courant les espaces, elle a du
moins retenti dans mon cœur; et tu m'as fai
sentir le vide qui subsiste au fond de moi...

Pourquoi donc empêcherais-je le baptême
de mon enfant?...

VIII

Paris, mai.

Entre les crises de dentition, nous jouissons d'un grand bien-être. Le calme se rétablit dans la maison. Que le silence est bon !...

Notre paisible vie a retrouvé son intimité, dont la perte m'inquiétait tant. Nous sommes trois, voilà tout. Et peu à peu cette troisième existence, qui d'abord m'avait paru tellement étrangère, se fond dans les deux nôtres. Je sais qu'il faut se réveiller deux fois dans la nuit et que le déjeuner est inévitablement en retard parce qu'il coïncide avec le repas de bébé, et je me résigne ; je sais qu'après le déjeûner, bébé fait sa méridienne, en sorte que nous avons un moment de tranquillité parfaite, et je jouis de ce moment d'autant plus qu'il est plus court : je sais qu'il faut renoncer à toute sortie du soir, parce que bébé ne peut se

passer de sa mère, et j'y renonce. De temps
en temps, le moins souvent possible, j'en-
dosse mon habit et je sors seul : nécessité
d'expliquer à dix personnes pourquoi je suis
seul, et j'explique, oh ! j'explique très bien,
avec le mot pour rire... On ne manque pas
de s'extasier sur mon bonheur : « Comme
vous devez être content d'être père !... » Oui
je suis content : il est convenable d'être content, je le suis, et je fais la bouche en cœur
pour qu'on n'en doute pas... « Aussi, vous
êtes un autre homme, à présent, on dirait
que vous vous êtes épanoui !... » Je ne pro-
teste pas, de peur de passer pour un excen-
trique ; et comme justement je suis en passe
d'engraisser, je laisse avec complaisance at-
tribuer mon commencement d'embonpoint
aux premières joies de la paternité...

Le soir, dans le chemin de fer de ceinture
ou dans le fiacre qui me ramène à la maison,
je rêvasse. Que pensé-je ? Je ne sais trop...
En somme, il est moins difficile que je ne
l'aurais cru de changer ses habitudes, et je

vois bien que je finirai par m'accoutumer à
mon rôle de père. Déjà même, dans l'état
habituel, je ne le joue pas trop mal, et par
instant l'affectueuse pitié que m'inspire ma
fille monte jusqu'à la tendresse. Mais quelquefois, sous l'action d'un hasard, je sens
se réveiller soudain le malaise que me cause
cette vie issue de la mienne, dont je suis
coupable et qui me tient en laisse. C'est une
angoisse oppressée que je crois faite de remords et d'appréhension, une double souffrance que j'éprouve pour l'enfant et pour
moi : pour l'enfant, parce qu'il lui faudra
vivre ; pour moi, parce que je sens bien que
je n'ai plus ma liberté...

Heureux ceux qui sont nés pour la famille !... Un de mes amis me racontait un
jour qu'il s'était marié tout exprès pour
avoir des enfants : il a deux couples de jumeaux, il en aura d'autres, il est heureux.
Je n'étais pas encore père, en ce temps-là,
et j'eus la naïveté de lui avouer que je ne
désirais pas le devenir. « Alors, fit-il avec des

yeux étonnés, pourquoi vous êtes-vous marié !.. » Sa question était logique. Ma réponse l'eût-elle été ?...

.. Mais il n'y a jamais eu rien de logique
dans ma vie. Sans savoir ce que je veux,
je me laisse porter par les événements qui
vont, qui vont, et me poussent de-ci de-là selon leurs caprices. Puis je me révolte contre
eux, comme si je ne m'étais pas livré à leur
merci; mais ma révolte est inactive et je finis
par me résigner. C'est bien là le processus
habituel de toutes les phases de mon existence : je suis un révolté pacifique, un con-
spirateur en chambre, sans poignard ni dyna-
mite, qui ourdit des plans effroyables et ne
fait rien sauter...

IX

Paris, mai.

Bébé commence à donner quelques signes
de connaissance. Un soir, elle a remarqué

l'ombre de ses mains contre la paroi ; et,
avec de petits mouvements gauches, elle les
tordait pour voir cette ombre remuer et se
déformer. Ses yeux s'animent : elle a de
grands yeux liquides, gris-bleu, où dansent
des paillettes sombres, des yeux pareils à
ceux de sa mère et qui auront peut-être un
jour la même expression. Pour le moment,
ils ne réflètent rien encore : ils ne changent
pas quand des douleurs minuscules les rem-
plissent de larmes ; ils brillent à peine un peu
plus quand des joies dont la cause échappe,
— un objet nouveau aperçu, un mouvement,
un rien qui passe, — font soudain s'épanouir
toute la petite figure joyeuse et sourire la
bouche avec ses trois dents de lait. Ils sont
inconscients et doux, ces yeux, inoffensifs,
confiants, curieux et naïfs : miroirs atten
dant l'image. source sous le ciel bleu, où ne
se mire aucun nuage...

Son grand ami, qui joue un rôle immense
dans sa vie, c'est Puck, notre chat : un bon
animal gris et blanc que j'avais déjà avant

mon mariage grave, aimant ses aises et qu'on
le respecte, câlin, gras, correct, les poils toujours bien lissés — sauf aux époques où il
disparaît pour huit jours et revient hérissé,
déchiré, efflanqué, lamentable, pour se refaire en un rien de temps. Dès que bébé le
voit dormant sur son coussin, elle rampe
jusqu'à lui et s'empare de sa queue. Puck
entr'ouvre les yeux, doutant encore qu'il
faille interrompre son somme. Bébé tire plus
fort, par saccades. Puck se lève, la regarde
en bâillant, s'étire, et, superbe d'indifférence et de dédain, se recouche de l'autre
côté en cachant sa queue sous son ventre.
Bébé fait le tour du coussin, et bientôt la
queue se trouve de nouveau dans ses mains:
exultant de joie, triomphante, elle l'agite
comme un cordon de sonnette en battant la
grosse caisse sur l'échine du chat. Puck
grogne un peu, pour demander grâce. En
vain. Alors il se lève dignement, s'éloigne
avec majesté, sans hâte, saute en deux bonds
sur le dossier du canapé, s'installe, et de

haut, comme le sage de Lucrèce, regarde
sans peur ni rancune bébé qui s'agite : elle
est engageante, d'abord, elle lui tend les
mains, elle gazouille des gracieusetés ; Puck
ne bougeant pas, elle devient plus pressante ;
puis sa figure s'allonge, sa bouche s'ouvre
en montrant ses trois dents, et elle pousse
un cri aigu, perçant, désespéré, le cri qui
prélude à la grande explosion de larmes...
C'est le moment où j'entre dans la partie :
j'entreprends d'expliquer à Puck qu'il doit
se laisser tirer la queue, pour nous rendre
notre tranquillité. Puck me regarde avec ses
grands yeux d'or, et me fait comprendre
très clairement que cela lui est fort désagréable, et qu'il n'y est pas accoutumé, et que
c'est trop dur, à son âge, d'avoir à changer
ses habitudes... Ah ! mon pauvre vieux camarade, à qui le dis-tu ?... Pourtant, si j'in-
siste, si je le prends sur mes genoux, comme
autrefois quand il était le roi de la maison,
il se laisse convaincre, et, pendant un moment, bébé peut le tripoter à l'aise. Pendant

qu'elle lui tire la queue, il frotte sa tête contre ma main : quelquefois même il ronronne,
pour me montrer qu'il se sacrifie de bon
cœur. Mais sa patience a des limites : quand
elle est à bout définitivement, il monte sur
le poêle, avec la conscience du devoir accompli, bâille, s'étire encore, ouvre et referme
deux ou trois fois les yeux, et se rendort, indifférent au cri perçant qui éclate un instant
après. Moi-même je n'oserais pas lui en demander davantage...

Heureusement, bébé s'intéresse à d'autres
choses encore : à mon couteau à papier, aux
deux poussahs qui remuent les mains sur la
cheminée, et déjà même aux fleurs dont les
vases sont garnis. Et quand Puck lui manque, une branche de lilas l'a bientôt consolée.
Elle sait le dire, car elle a un mot, maintenant, un certain roulement qu'on pourrait
presque orthographier *eurrreu*, et qui pour
elle est une langue infiniment riche, qui demande et qui remercie, qui traduit la joie et
la tristesse, qui explique le rire et les lar-

mes, exprimant à merveille, avec toutes
leurs nuances infinies, les embryons d'idées
qui se forment et passent dans son petit
cerveau en éveil...

X

Paris, mai.

Je viens de lire coup sur coup *Humiliés et
Offensés, Crime et Châtiment, La guerre
et la paix, Anna Karénine,* — et je suis
resté tout frissonnant de cette lecture. C'est
plus que la révélation d'un monde inconnu:
c'est un appel à nos consciences endormies.
Je pense à la grande voix des prédicateurs
des premiers siècles tonnant dans les basili-
ques et poursuivant de leurs anathèmes les
derniers prêtres des dieux païens...

L'indolence, l'égoïsme et la sénilité des
civilisations vieillies nous ont envahis. Nous
avons perdu la foi, et nous ne la regrettons
pas, et cette mort de la foi creuse dans tous les

domaines un vide que rien ne vient remplir.
Il s'est accompli un immense désintéresse-
ment de la vie générale : tandis que d'une
part le mouvement démocratique avance
chaque jour dans la voie désolante du
sacrifice de l'individu, — l'individualisme
se développe d'autre part, non dans ce
qu'il y a de généreux, de noble et de fécond,
mais dans ce qu'il a de plus vil, l'égoïsme
indifférent. En bas, on impose une solidarité
d'apparat qui n'est qu'un artifice ; en haut,
on la subit par faiblesse, et l'on s'en venge en
s'isolant. Et la société vit tant bien que mal
de ce mensonge, qui, comme tous les mensonges, rapetisse les idées et salit les sentiments. Pour le changer en vérité, il faudrait autre chose que des théories qui aigris-
sent et des déclamations qui poussent à la
haine : il faudrait un peu de la Charité
qu'on a chassée, un peu de l'amour qu'on a
tué. Mais il règne, et sa lutte avec l'égoïsme
est la grande affaire des hommes, et ceux
qui restent simples spectateurs de ce

honteux conflit, sont nuisibles aussi par
leur oisiveté même, aussi nuisibles presque
que les combattants le sont par leur ambition, leur méchanceté ou leur bêtise. C'est
à peine si quelques nobles figures passent de
loin en loin dans la mêlée : on les mécon-
naît, et tel est le courant que leurs efforts,
au lieu de l'arrêter, le précipitent.

Cependant, au milieu de ce branle-bas,
quelques-uns, supérieurs par leur intelligence et riches par leurs facultés, se sont
retirés sur des collines, dans des déserts ou
dans des jardins, et, tranquilles, regardent
ou rêvent. Ce sont les poètes, les penseurs,
les artistes, ceux qui jadis exprimaient
l'idéal commun, touchaient le cœur des
masses et guidaient les peuples. Maintenant,
ils jonglent avec les phrases, les sons, les
rythmes ou les couleurs, dédaigneux de la
foule et fiers de leur retraite, à moins qu'ils
ne préfèrent contempler en curieux les
plaies de l'universelle bataille, en ne les touchant que pour les envenimer. Ils procla-

ment qu'il y a divorce entre eux et les autres
hommes, ou qu'ils sont des savants qui con-
statent, et, du haut de leur tour d'ivoire, ils
jettent dans le vide leurs documents ou leurs
rêveries, pareils à des enfants qui se servi-
raient d'un phare pour lancer des bulles de
savon dans la tempête...

Mais voici qu'une lumière inattendue se
lève vers le Nord, voici que des voix jeunes, de loin venues, nous expliquent le mal
dont nous souffrons et nous montrent le
remède ; voici qu'une langue nouvelle nous
rapporte l'antique leçon depuis si longtemps
oubliée : « Aimez-vous les uns les autres ! »
Arrachés à notre indifférence, nous lisons
des livres où saignent des cœurs que la
misère humaine a touchés, où il y a autre
chose que des mots arrangés pour l'art et
des agonies à tant la ligne, ou il y a des
larmes vraies, des larmes versées par des
malheureux sur de plus malheureux, de
saintes larmes de pitié. Et il se trouve
que ce sentiment, que nous pourrions

dédaigner comme une faiblesse si nous l'entendions exprimer par des pauvres d'esprit,
est chez les grands hommes qui s'en font
les apôtres un moyen d'action plus sûr que
nos habiletés, un *truc* beaucoup plus puissant que les nôtres. Cette sincérité triomphe
de tous nos mensonges : les plus sceptiques
sont saisis, les plus indifférents pleurent, et
soudain renaît le noble souci des problèmes
que lâchement nous avions secoués. C'est
un miracle presque pareil à celui qu'accom-
plissaient les anciens Pères, quand ils faisaient rayonner la croix sur les villes païen-
nes, quand, des foules inconscientes ivres
encore des jeux du cirque et des fêtes
impériales, ils tiraient soudain la divine étin-
celle d'amour et jetaient au martyre. —
de suprêmes extases, des débauchés, des
courtisanes et des marchands d'esclaves.
L'Au Dela, oublié, ressuscite ; le mystère
se rouvre, et de nouveau les hommes pres-
sentent que, par-delà les vaines certitudes
proclamées par les savants, plus loin que

9

les fallacieuses promesses de justice et de
bonheur ourdies par les politiciens, plus
haut que les plaisirs que les artistes prépa-
rent à nos yeux, nos esprits et nos oreilles,
s'ouvrent des espaces où il est beau de se
meurtrir les pieds, les espaces infinis du
Rêve que l'action réalise, de la Foi et de la
Charité.

Mais est-ce là une vraie renaissance de
nos cœurs ou une excitation passagère ?
Est-ce une sincère religion qui se prépare ou
une forme nouvelle qui s'offre à notre dilettantisme ? Est-ce que des caravanes vont
nous emmener vers cet inconnu, ou resterons nous à regarder en curieux, de loin, les
grands étrangers qui partent pour le voyage ?
C'est là le secret de demain. Nous sommes
vieux, nous sommes las, nous avons déjà
perdu tant de marches et versé pour rien tant
de sueurs !... Est-ce que ce souffle de bonté
qui passe sur nous produira autre chose que
de vains projets pareils à ceux que formulent
et oublient les vieillards ?... Pour moi,

j'admire j'hésite, et je doute, et, si *j'aime
qu'on aime*, je ne sais si j'aurai la force
d'aimer...

XI

Paris, juin.

Un des traits de bébé qui me ravissent le
plus, c'est son amour pour les fleurs. Elle
s'éjoie dès qu'elle en aperçoit. Elle les prend
dans sa petite main, et les respire avec
des mouvements d'extase, un air intelligent, un fin sourire... Or, son sourire a
déjà presque un sens : avec les fossettes
qu'il creuse dans ses joues, avec les cinq
dents qu'il montre, avec le regard qui l'accompagne, il est déjà railleur, malicieux,
ironique parfois; il paraît conscient; il ne
ressemble pas au sourire des autres enfants
de son âge... Je le crois, et je ris de le croire,
car au fond je sais bien que ce qu'il a, c'est
moi qui le lui prête. Il est le simple épanouis-

sement de cette petite nature fraîche qui
s'entr'ouvre, car il n'exprime que son ravis-
sement étonné à découvrir l'un après l'autre
les choses du monde : et nous, les parents,
belles dupes que nous sommes, nous le
guettons, nous le buvons pour griser notre
fantaisie. Ce qui est bien sûr, en revanche,
c'est que ce sourire nous donne mille joies. Il
est un but de plus à notre vie. Nous sommes
très heureux et très fiers quand nous l'avons
provoqué, surtout quand après des larmes
il brille de nouveau, ramené par nous ; et
nous passons des heures à le chercher, à
le commenter, à l'analyser. A la longue, il
devient, ce sourire, tout nous-mêmes ; il con-
tient toute notre soif de bonheur, tous nos
élans de tendresse, tout le bien qu'il y a en
nous. Il est notre affection qui rayonne
et notre bonté qui s'égaye. Et que de mystères il nous a déjà révélés !... Au fond, nous
étions deux égoïstes : vivant l'un pour l'autre, nous fermions les yeux à tout l'*étranger* qui tournait loin de notre axe, nous

éloignant toujours plus de la mêlée humaine ; et voilà que ce petit être, devenu centre
à notre place, nous rattache à ces réalités
que dédaignait notre rêve.

Me l'avouerai-je ? je regrette souvent cet
état antérieur, peu noble à coup sûr, mais
dans lequel je me complaisais, qui compor-
tait une si grande liberté d'esprit, une telle
liberté d'allures, si peu de soucis d'avenir.
Sans doute, il est odieux de ne penser
qu'à soi, et s'il y a un sens à la vie il n'est
pas là ; et pourtant, c'est si facile !... Maintenant, se dresse devant nous le lendemain — non pas le nôtre, qui ne nous in-
quièterait guère, puisque la moitié du chemin est déjà parcourue, qu'un hasard peut
borner encore, — mais celui de cette petite
créature qui a devant elle toute sa destinée,
qui sera ce que nous la ferons, qui aura ce
que nous lui donnerons, si passive aujour-
d'hui qu'il nous semble qu'elle le sera toujours...

Souvent nous causons de son avenir : le

sort des femme est si précaire, dépend de tant
de hasards sur lesquels la volonté est de
peu de puissance — la santé, la fortune, le
mari... Elles n'ont pas la lutte, qui seule, dit-
on, fait pour l'homme la beauté de la vie —
qui, en tout cas, en diminue l'ennui ; ou si
elles l'ont, c'est intense et cruelle, à travers
des fatigues que rien ne compense, sans
pouvoir espérer les triomphes ni les gloires.
Aussi ce qu'on peut faire de mieux pour
elles, n'est-ce pas de leur épargner l'effort ?
Et si c'est réellement l'effort qui donne prix
à l'existence ?... Hélas ! elles sont victimes
de cette contradiction, et pour qu'elle cessât
il faudrait que tout fût bouleversé !...

Je sais tout cela, et cependant, — si per-
sistant est l'égoïsme, — je ne puis m'empêcher d'être content que mon enfant soit une
fille. Ce n'est pas pour elle, à coup sûr, c'est
pour moi : parce qu'il doit être charmant de
voir s'éveiller peu à peu dans un être dont on
suit toutes les phases, les signes de l'éternel féminin : la grâce du corps, la grâce de

l'esprit, la grâce du cœur, qui font le charme, et la délicieuse coquetterie qui le rehausse et le rend plus cher, et les imperceptibles mouvements de passion qui se mêlent à tous les actes de la vie et que notre grossièreté, à nous autres, hommes, ne saisit presque jamais : tout cela s'agitant dans un fonds de mystère sept fois impénétrable et sept fois attirant. Oui, l'affection qu'elle commence à m'inspirer, cette *bébette* qui ne dit pas encore papa, se double déjà du culte indiscret, de l'adoration curieuse que j'ai pour celles de son sexe...

D'autres fois, nous causons des changements que sa naissance a apportés dans notre vie : et sur ce point, nous n'arrivons pas à nous mettre d'accord. Elle veut absolument que nous soyons *plus heureux* qu'avant, autrement et davantage ; moi, je veux le contraire.

« Oui, sans doute, lui dis-je, nous l'aimons beaucoup, cette enfant, elle nous est une source infinie de joies, de joies nouvelles,

le joies exquises. Mais avant de l'avoir,
ces joies, nous ne les désirions pas, et si nous
ne l'avions pas eue, nous n'aurions pas souffert de ne les pas connaître. Donc... »

... Non. Mon raisonnement ne se fait pas
écouter. Et non seulement on le repousse :
on en est froissé. Il offense quelque mystérieuse délicatesse qui m'échappe. Je le sens
bien, et pourtant je m'entête à le rame-
ner, à le répéter, à le reprendre sous des
formes variées, toujours plus convaincantes.
En vain. Nous aboutissons toujours à ces
deux termes du dialogue :

— Ainsi, tu ne peux pas te consoler d'avoir
une enfant?...

— Mais pas du tout : reconnais seulement
qu'il aurait mieux valu que nous n'en eus-
sions pas, et je serai satisfait...

Jamais elle ne se rendra, malgré l'excel-
lence de mes arguments... Et il y a là tout
l'abîme qui sépare les deux logiques : celle
de la femme et la nôtre. La nôtre est simple
et marche droit; la leur a des complexités

qui nous échappent et finit toujours par se
perdre dans les régions du sentiment,
comme une eau claire dans le sable fin.
Essayez donc de débrouiller l'amalgame !...

XII

Paris, juin.

Quand je pense que nous serons peut-être
un jour comme ce bon grand-papa, dont le
souvenir est mêlé à tout ce que nous avons
eu de bon dans notre enfance, et que nous
revoyons chaque fois que nous évoquons le
passé !...

Nous étions enfants l'un et l'autre, — enfants peu gais, je me le rappelle bien, enfants
graves, qui ont déjà l'obscure prescience
des tristesses futures, en qui s'affirme avant
le temps le sérieux d'une nature inapte aux
bonheurs légers ; et nous grandissions sous
son bon regard affectueux, choyés, gâtés,
parmi les fêtes et les surprises qu'il nous

ménageait. C'est à lui que nous avons dû
les beaux œufs de Pâques en chocolat, et
les poupées, les polichinelles ou les soldats
de plomb que nous apportait le bonhomme
Noël...

Et puis, plus tard, nous sortions de l'enfance : j'étais écolier, elle était pensionnaire,
nous nous retrouvions aux vacances, grandis,
un peu gênés, nous disant « vous », rougis-
sant quand nous nous embrassions. C'étaient
alors, le soir, sur la table à jeu qu'éclairait
la suspension, de longues parties de nain-
jaune où nous nous associions pour vider
la bourse de grand-papa; ou bien, par les
beaux jours d'été, des pique-nique, au bord
du lac où nous laissions pendre des lignes
distraites dont les poissons pouvaient à
loisir dévorer l'appât, dans les bois où nous
marchions lentement par les sentiers cou-
verts d'ombre et tapissés de mousse, dans
les champs où nous nous grisions du parfum
des foins. Comme il s'émerveillait, le bon
vieux qui s'appuyait sur nous, devant les

paysages où s'était déroulée sa vie, et
qu'il aimait avec un cœur d'enfant, et
qui lui tiraient des larmes!... Et au retour,
c'étaient des dîners, de plantureux dîners,
où sa joie était de nous bourrer d'une cer
taine sauce Béchamel que je n'oublierai
jamais, et d'oies farcies, de crêmes et de
desserts, jusqu'à ce que nous demandions
grâce. Ces dîners nous causaient un plaisir
mêlé d'un vague effroi, car grand-père
voulait qu'on leur fît honneur, et souvent
ils auraient mal fin. si sa gouvernante ne
nous avait aidés à faire adroitement disparaître les portions d'ogres qu'il nous servait...

Lui, jouissait inconsciemment de nos plaisirs, sans jamais se lasser de nous préparer
des surprises, sans jamais se plaindre du
bruit que nous faisions à cinq autour de sa
vieillesse, ni du désordre que nous semions
dans son appartement où les moindres objets avaient leur place fixe, sous l'œil des
portraits de famille. En nous, il se voyait

revivre; nous étions, j'imagine, comme un
écho de sa jeunesse assoupi par l'éloigne
ment, et c'étaient ses souvenirs qu'il entendait bruire dans nos voix. Il redevenait
jeune avec nous, et souvent, il nous demandait des chansons d'autrefois, des chansons
très anciennes, aux airs vieillots, que nous
lui chantions en chœur :

> Il était un petit navire
> Qui n'avait ja-ja-jamais navigué...

Alors son visage s'éclairait, des images
très lointaines s'éveillaient dans son esprit, il
battait la mesure avec sa tête blanche et souriait
d'un sourire intérieur... Qu'était-ce donc ?...
C'était tout ce qui fait la vie, ses affections
et ses deuils, flammes éteintes, douleurs
passées, sur lesquelles s'étend avec les années
le voile bienfaisant de l'oubli : nos chansons
remuaient ce voile, et sous ses transparences
des formes surgissaient et remuaient pour
lui seul.. Tant de joie pour si peu de chose
nous étonnait : tout en l'aimant, nous le trou-

vions enfant, plus enfant que nous, et nous
ne comprenions pas qu'il préférât l'éternel
« petit navire » aux beaux morceaux romantiques, semés d'arpèges et de gammes, que
nous tapions sur son piano...

A la fin, il sommeillait sans cesse. Son
doux regard, un peu voilé, restait posé sur
nous comme en rêve. Un jour il s'est endormi : aucun des siens n'était là. Il est
mort seul, le pauvre grand-père, en patriar-
che abandonné, de la belle mort des vieillards qui ont vécu toute la vie, qui ferment
les yeux quand ils ont tout vu, et sans
secousse, sans douleur, sans regret sans
effroi, s'en vont dans l'inconnu...

Comme il est resté vivant dans notre souvenir !... Maintenant surtout, il nous semble que chaque pas nous rapproche de lui.
Nous l'aimons davantage que lorsque nous
l'avions. Et nous pensons qu'un jour peut-
être nous connaîtrons ses joies qui nous
échappaient, et que nous sommeillerons
comme lui en voyant des visions confuses

passer dans nos yeux endormis, et que des
formes vagues remueront pour nous seuls
quand les enfants de la petite Marie chante-
ront en ronde autour de nous :

Il était un petit navire...

XIII

Paris, octobre.

Marie est très malade... Un coup de froid
pris par ces continuels changements de temps
pendant une crise de dentition : pneumonie
et gastrite. Depuis quatre jours, elle a la
fièvre, qui vient d'atteindre quarante degrés:
elle brûle et grelotte dans ses couvertures,
indifférente à tout, abandonnée, veule, et
secouée par les accès d'une toux rauque
qui fait mal à entendre. Son regard est
vide. Elle n'a plus un sourire. Couchée dolente sur les genoux de sa mère, elle gémit sans cesse, d'une plainte régulière
qui s'interrompt à peine quand elle s'assou-

pit un instant. Elle ne pleure pas, elle ne crie pas : rien que cette plainte monotone et lente, et qui exprime tant de douleur... Comme je regrette son cri si aigu, si vivant, qui me mettait si fort en colère quand il coupait soudain le silence de ses assourdissements !... Rien ne l'amuse : ses jouets traînent dans des coins ; sur sa couchette, une lamentable poupée semble malade aussi, tant elle est délaissée ; le bon chat Puck peut passer à portée ; elle ne lui prend pas la queue ; et il la regarde avec ses yeux d'or, très étonné, comprenant peut-être... Le médecin m'a dit que si la fièvre augmentait encore, elle était perdue ; je vois déjà la maison vide, la maison que remplissaient ses jeux, ses rires, tous les manèges de sa petite personne remuante et gaie ; et je sens se réveiller ma vieille révolte contre l'imbécile Destin qui nous mène. Pourquoi donc naître, si c'est pour mourir aussitôt ?... Qu'ont-ils donc fait pour mériter leur mal, ces pauvres êtres qui s'ouvrent à la vie où ils

sont jetés comme des fleurs au soleil, confiants
et joyeux et ne sachant rien des nuages de
l'horizon ?... Quelle est la barbare puissance
qui les donne et les reprend au hasard de
son caprice, et fait de leur court passage
en ce monde une source de larmes ?... Non,
je n'admire pas la résignation des Chrétiens :
jamais, si je croyais, je ne pourrais louer
l'Éternel des coups dont il me frapperait ;
si je croyais, ma foi serait de haine, et je
me dresserais contre cet ombrageux tyran
qui nous vole nos courtes joies et fait une
torture de la vie à laquelle il nous a con-
damnés....

Contradictions du cœur qui souffre ! ...
Combien de fois, quand le mal frappait
autour de moi des coups prématurés sur des
êtres qui ne m'étaient point chers, ai-je
répété en philosophe et avec conviction les
belles paroles des Sages anciens : « Ceux que
les dieux aiment meurent tôt. » — Hé quoi !
quelques jours de chagrin, quelques larmes,
puis, l'amertume du premier deuil adouci,

cette gracieuse enfant morte ne serait plus
pour nous qu'un charmant souvenir, que
nous évoquerions aux heures d'intime causerie, qui planerait sur nous d'un vol invisible d'ange. Et en échange de cette passagère
douleur que nous aurions soufferte, pour
elle, le suprême bonheur d'être délivrée de
vivre ... Qu'aurais-je donc à reprocher à
Dieu?..

... Des mots ! des mots !.. Qu'elle vive,
qu'elle meure, que nous pleurions ou que
nous soyons consolés, qu'importe!... Nous
ne sommes rien, et c'est folie que de remuer
le ciel pour le moindre accident qui nous
touche. Au milieu de la paisible indifférence des choses qui nous enveloppe dans
l'éternel mouvement dont nous sommes
les imperceptibles atomes, que sont donc nos
cris et nos maux ? Pourquoi nous obstiner à
les grossir de telle sorte qu'ils tiennent une
place dans l'Infini ? Acceptons-les pour ce
qu'ils valent : courbons-nous sans révolte
sous leur tyrannie presqu'inévitable ; conso-

lons-nous en sachant qu'ils sont passagers, et qu'ils iront un jour, avec toutes nos joies, tous nos amours et toutes nos pensées, se résorber dans l'abîme d'inconscience d'où nous sommes sortis ; et envions les petits enfants dont les yeux se ferment sans avoir vu rien autre que des sourires et de la bonté..

Le lendemain.

La fièvre persiste. L'espoir diminue à chaque heure qui passe, à chaque compresse d'eau froide qu'on enlève sans qu'elle ait rafraîchi ce pauvre petit corps à demi consumé. — Depuis trois nuits, sa mère veille, dominant ses angoisses pour réserver toutes ses forces contre le mal,.. D'où vient donc cet héroïsme des femmes, qui les fait si fortes, elles si faibles, dès qu'un danger menace un être aimé ?... Nulle fatigue ne les abat, nulle émotion ne les brise ; elles savent refouler leurs larmes, elles ne désespèrent jamais... Et quelles affres sous cette tranquillité!

Certainement, elle est mille fois plus inquiète que moi : car le commencement d'affection que j'éprouve pour notre enfant, — et qu'en ce moment je découvre plus forte que je n'aurais cru, — qu'est-ce, en comparaison de son immense amour de mère ?... Et pourtant elle est calme, — plus calme que moi, plus maîtresse d'elle-même, utile surtout, tandis que je reste à soupeser passivement les chances qui augmentent et diminuent, à commenter la marche de la fièvre plus légère le matin et plus forte le soir, à rôder de pièce en pièce sans rien faire, presque aussi maladroit que la vieille Marianne dont les mains tremblent quand elle apporte un bol de lait ou un flacon de remède.

Deux jours après.

C'est aujourd'hui l'anniversaire de Marie, qui n'a peut-être plus que quelques heures à vivre...

Son état reste stationnaire. La fièvre n'augmente pas, — si elle avait augmenté ce

serait fini déjà, — mais ne diminue pas non
plus. Sa respiration est toujours aussi difficile : son souffle est haletant, on entend
bruire sa poitrine comme une machine fêlée
et la même mauvaise toux rauque la secoue
et la déchire. Elle est toujours aussi abattue,
aussi indifférente, détachée de tout; elle a
toujours ce regard vide, qui ne dit rien et
s'étonne pourtant. Quels commencements
d'idées le mal inexpliqué et brutal peut-il
faire germer dans ce petit cerveau où galope
la fièvre ?...

Un instant, nous avons eu un peu d'espoir :
je faisais osciller ma montre devant elle, —
ma montre qu'elle aime tant quand elle est
bien, — et nous avons vu son visage s'ani-
mer un peu comme de l'ombre d'un sourire,
tandis que sa main esquissait le geste de se
tendre en avant. Était-ce la vie qui revenait?... Non. Elle a repoussé la montre et ma
main, fermé les yeux et repris sa plainte... Oh!
cette plainte continue!.. Et il y a quelque chose
de plus navrant encore, c'est quand le gémis-

sement s'interrompt tout à coup, et que pendant un instant la voix enrouée se met à
gazouiller comme autrefois, à pousser son
eurreu des bons jours...

Non, je ne puis imaginer ce petit corps
raidi par la mort!... Ce serait trop affreux
de la voir immobile, et de savoir que c'est
pour toujours, et qu'aucune voix ne peut la
ranimer, et qu'elle ne sourira plus jamais,
et qu'il faudra la mettre en terre, où bientôt
elle ne sera plus rien, pendant que les objets
inanimés qu'elle a touchés, sa poupée et
son mouton, resteront là, lui survivant de
toute leur longévité de choses !... Et puis, je
pense à la douleur de la mère, quand elle
aura vu que tous ses efforts sont perdus et
que le malheur dont on repousse l'idée est
accompli, quand les forces qu'elle emploie à
lutter ne lui serviront plus qu'à souffrir...
Et puis, je me figure les détails matériels de
ce qui viendra après : le petit cercueil qu'on
clouera, les billets de faire part dont il faudra écrire l'adresse, toutes les formalités

qu'on a inventées pour rendre le deuil plus douloureux... Puis encore, le lent cortège cheminant jusque là-bas, si loin, au cimetière de Passy, et, au retour, la désolation, l'immense désolation de l'appartement où elle ne sera plus...

Un jour après.

C'est demain le neuvième jour, ce jour décisif. Il paraît que si la fièvre ne tombe pas demain, c'est fini, et que si elle tombe, c'est le salut. Je demande au médecin un calcul des probabilités : les chances, me dit-il, sont à peu près égales. Deux légers symptômes, un peu de repos, une imperceptible reprise de l'appétit, lui donnent plutôt bon espoir ; mais il ne me cache pas qu'il ne faut se faire aucune illusion sur leur valeur, et qu'aujourd'hui comme hier, — plus qu'hier, puisque le moment décisif est plus proche, — il faut tout redouter... La vieille Marianne va pleurant dans des coins... La mère, qui a continué à veiller et à agir malgré la pré-

sence d'une garde, a la fièvre à son tour :
quel sera le contre-coup de telles fatigues !...
Encore un jour d'angoisses, et tout sera
décidé... Comme cette journée est lente et
rapide, et si demain doit être fatal, comme
on voudrait qu'elle durât toujours !... Car
enfin, ces soirées, ce combat, l'espoir qui
subsiste malgré tout en fait presque une
joie... Et demain !..

Deux jours après.

Le danger est disparu : hier, la fièvre est
tombée presque d'un seul coup, comme par
enchantement. Les nuages d'angoisse qui
nous ont enveloppés pendant cette terrible
semaine sont dissipés, et, sans transition
visible, la convalescence commence. Quelle
merveilleuse force de vie dans ce petit être
tout frêle, si menu qu'on aurait peur de le
briser en le touchant !... Déjà maintenant,
il semble que cette maladie qui a failli l'emporter n'ait été qu'un mauvais rêve... Elle
a repris sa poupée, elle fait bêler son mouton,

elle tire la queue du bon Puck, ravi de se
laisser faire. Seulement, sa gaieté n'est pas
encore revenue : elle s'amuse avec un air
boudeur; elle ne sourit pas; de temps en
temps, pour rien, elle éclate en pleurs :
mais ce sont ses pleurs d'autrefois, ce n'est
plus cette lamentable plainte qui nous fen-
dait le cœur. Et puis elle est faible, lasse,
et ne veut que dormir, pelotonnée sur les
genoux de sa mère : la pauvre, que dix jours
de soins, que dix nuits sans sommeil ont
brisée, est obligée de se sacrifier encore, à présent que ce n'est plus nécessaire, et l'on
dirait que cette nouvelle fatigue, que ne
complique aucune inquiétude, la rafraîchit
comme un repos...

Moi, je suis heureux... Jusqu'à présent, je
me demandais sans cesse si j'aimais mon
enfant. Cette fois, je suis éclairé, et mon
affection est si profonde qu'en cette heure de
délivrance j'oublie de m'attrister en pensant
qu'il lui faudra vivre toute la vie, connaître
les angoisses que nous venons de traverser,

d'autres encore — qui sait lesquelles ? —
toutes les douleurs futures dont la mort l'aurait délivrée. Et pour la première fois, il me
semble qu'il y a une part de « phrases » dans
ce que j'ai toujours dit et pensé sur la vie,
dans les colères, les dégoûts, peut-être jusque dans les tristesses qu'elle m'a inspirés.
On a beau la haïr et la mépriser, — on l'aime
pourtant : elle a, jusque dans ses pires cruautés, des saveurs qui la font désirable, et,
quand on a senti la mort passer tout près,
quand on a failli voir disparaître une de ces
existences qui sont la vôtre même, on comprend alors que peut-être la vie, affreuse,
inique et féroce, vaut encore mieux que le
néant.

Vis donc, petite Marie, puisque tu n'as pas
voulu mourir ! Vis, c'est-à-dire souffre, pleure,
désespère, vis jusqu'au bout, aussi longtemps
que le Destin voudra te traîner sur ses
claies ! Et sais-tu, — puisqu'il ne peut plus
te souhaiter de n'être pas née, puisqu'il n'a
plus la force de te souhaiter de mourir jeune

comme ceux qu'aiment les dieux, — sais-tu
ce que te souhaite ton père? C'est de tout
voir, de tout sentir, de tout connaître et de
tout comprendre, — je dis tout, et je sais les
amertumes que renferme ce mot et je ne
voudrais par t'en épargner une seule : parce
que, si tout est douleur, chimère et mensonge, l'ensemble de ces mensonges, de ces
chimères et de ces douleurs est pourtant beau,
comme un paysage fait d'abîmes ; et parce
qu'il y a une satisfaction suprême à sentir
qu'on se transforme avec les années, qu'on
reflète toujours plus d'images, comme un
fleuve s'élargit en roulant vers la mer, et
qu'on EST, et qu'on AURA ÉTÉ, et que rien, ni
révolutions humaines, ni catastrophe universelle, ne pourra jamais faire que l'on n'ait
eu cette part d'éternité qui est la vie humaine...

XIV

Faire du bonheur autour de soi, rendre heureux, dans l'étroite limite possible, les pauvres êtres dont le sort est lié au nôtre, — y a-t-il un plus haut idéal?... Nous poursuivons de tout notre effort des ambitions dont nous savons la vanité, une gloire que nous appelons éternelle et que le temps emporte, une fortune dont les caprices déconcertent nos plus habiles calculs, des honneurs ridicules qu'obtiennent aussi bien les derniers des hommes, — et dans cette chasse nous oublions, à côté de nous, des êtres que nous n'aimons pas comme nous pourrions les aimer, pour lesquels nous ne faisons pas ce que nous devrions faire. Nous mourrons, nous et nos œuvres; nos pensées s'évanouiront; il ne subsistera pas une pierre des édifices que nous aurons construits, pas une lettre des noms que nous aurons cru inscrits dans l'his-

toire; mais ne restera-t-il rien des soleils
d'affection que nous aurons allumés? Il faut
des milliers d'années pour que disparaisse la
lumière d'une étoile éteinte : combien de
temps peuvent donc vivre et se perpétuer
après nous les sentiments doux et simples que
nous avons fait rayonner de nos cœurs?..

... Voilà ce que je me répète quelquefois
quand mon enfant s'égaie. D'où son plaisir ?
Pourquoi ces petits cris qui partent? Je ne sais
pas, et cela vaut pourtant quels triomphes !.

Oh ! la misère des problèmes et des ambitions !... Un sceptique, un raffiné, un
blasé, un viveur, a dit : « Aimer, c'est là
tout vivre. » Peut-être enfermait-il dans
cette phrase un sens déconcertant : cette pensée que nous croyons jaillie de son cœur, qui
sait les secrètes convoitises qu'elle exprime?
Acceptons-la pourtant pour ce qu'elle a l'air
de dire : *aimer* n'est-il pas le mot le plus
riche de la langue ? N'a-t-il pas autant d'ac-
ceptions qu'il y a de lèvres pour le répéter?...

... Et il me vient le désir de faire litière

de moi-même, de me mettre sous les pieds
du petit être inconscient que *j'aime*, de lui
dire : « Prends-moi tout !... prends mes forces,
prends mes rêves, et fais-en des jouets que tu
mettras en pièces ! J'ai voulu de belles choses :
nulle qui vaille tes petits cris de joie, et
rien ne m'a rendu heureux comme de voir
tes larmes s'essuyer ! Crois donc et grandis
de ma sève, et ne me laisse que mon cœur
pour t'aimer !... Et fais plus tard pour d'autres ce que j'ai fait pour toi, afin que de génération en génération, à travers les luttes
où les races s'épuisent, dans l'indifférence
de la terre qui se refroidit, rayonne jusqu'à
la fin de l'humanité, comme une lumière de
paix, comme un foyer de tendresse, cet
amour des grands pour les petits qui fait le
bonheur !... » — Le bonheur !... est-il donc
dans l'éternelle reproduction de la misère ?...
A-t-on trouvé le dernier mot de tout quand
on a pu s'anéantir soi-même dans l'affection
vouée à ceux dont on a fait la vie ?... Est-il
possible qu'aimer résolve tous les problèmes,

et qu'à notre cœur angoissé comme à notre esprit curieux, il suffise de ce peu de chose, une famille, pour trouver le calme et la paix ?

Je me souviens d'un tableau qui m'avait fait entrevoir tout cela.

Un cavalier, harassé et la main tendue, galope à la poursuite d'un brillant fantôme qui fuit sur une bulle de savon. Il ne voit pas un blanc corps de femme jeté au travers de son chemin et sur lequel il passe. Il ne voit pas que la route cesse, que l'abîme est là, que le pont vermoulu sur lequel l'entraîne le fantôme aérien s'effondrera au premier coup de sabot de son cheval...

... Il faut arrêter ce cheval, tourner le dos au fantôme, relever et panser le corps qu'on a blessé, l'emporter à pied, — pliant sous le fardeau, usant ses forces à le sauver, jusqu'à la plaine où la route devient douce, où l'on se reposera sous l'ombre des ormes et des frênes, au bord d'un paisible ruisseau, loin, bien loin des spectres mensongers...

LIVRE TROISIÈME

ALTRUISME

—

I

Paris, janvier.

Certes, on pouvait s'attendre à cette mort qui termine une longue agonie ; il fallait même la souhaiter ; et pourtant elle me frappe comme un malheur imprévu......

....

.... Très loin, parmi mes plus vieux souvenirs d'enfance, je la retrouve. Sa bonne figure avait déjà ses tons jaunis d'ivoire ancien, sous les bandeaux bien lissés de ses cheveux blanchissants, et s'éclairait à chaque instant d'un sourire amical ; ses mains, — des mains trop larges, aux doigts noueux, des mains actives, presque masculines — trico-

taient du matin au soir, et le frôlement monotone des aiguilles accompagnait en sourdine toutes ses phrases; tordue de rhumatismes, elle boîtait et ne marchait qu'appuyée
sur la canne d'un inusable parasol crême
doublé de vert ; et elle semblait toujours
heureuse, comme si c'eût été un grand bonheur de vieillir infirme et seule, — ou plutôt, comme si sa vie intérieure était si riche
de joies qu'il ne lui restât point de temps
pour penser à ses misères...

Aussi, lorsqu'en été je la voyais arriver
chez nous pour trois semaines, c'était une
fête. Son parasol, en béquillant sur les dalles
du long corridor où je ne passais jamais
qu'en courant de frayeur, éveillait à chaque
coup des sonorités joyeuses. Sa vieille figure rajeunissait la vieille maison, où d'habitude il n'y avait ni bruit ni mouvement,
et qui s'animait comme si une troupe d'éco-
liers en vacances venait y courir. Ce qui
m'attirait surtout à elle, c'est qu'elle vibrait
à toutes sortes d'émotions que je sentais

confusément en moi, mais que personne
encore ne m'avait révélées : quand nous
sortions ensemble, je m'étonnais d'abord de
la voir s'extasier sur les moindres choses,
sur les hannetons qu'elle m'empêchait d'at-
tacher à un fil, sur les papillons qu'elle me
laissait poursuivre tout en s'apitoyant quand
je les crucifiais dans les cartons vitrés de ma
« collection », sur les feuilles des arbres,
sur les fleurs des champs que j'allais lui
cueillir ; puis je finissais par admirer et par
jouir comme elle. Ah ! comme elle savait le
secret des êtres et des choses, comme elle
comprenait l'âme mystérieuse qui flotte
dans la beauté des couleurs ou dans la dou-
ceur des parfums, et qui rayonne encore
sous les grossières enveloppes des insectes
gauches et des plantes ternes !... Quand
nous sortions en voiture, ses extases s'élar-
gissaient : ce n'étaient plus un papillon, une
fleur, qui mouillaient ses yeux d'attendrisse-
ment : c'était le panorama du lac dont les
couleurs changent au gré des nuages, de la

ligne des Alpes dessinée à l'horizon, ou des
hêtres de la forêt abritant de leur ombre la
vie d'un monde invisible et bruissant ; c'était
la symphonie de la nature chantant dans la
lumière, l'accord caché et certain de toutes
les choses dont les voix font le |silence et
dont les formes font l'infini.

Mais « Mademoiselle » n'était poète qu'à
ses heures : son |sens pratique se réveillait
à la maison. Jamais je ne l'ai vue que va-
quant à quelque occupation utile ; et le soir,
quand elle ne travaillait plus, elle m'appelait
auprès d'elle et me lisait des morceaux clas-
siques, le récit de Théramène, le songe d'A-
thalie, un chapitre de *Télémaque*, — pour
me former l'esprit, disait-elle. Parfois, j'ap-
prenais par cœur une tirade, et c'était une sur-
prise qui la ravissait. Je trouvais beau, selon
son désir ; pourtant, j'étais plus à mon aise
quand elle posait son livre et me racontait
simplement des histoires, — des histoires de
là-bas, de cette Russie inconnue d'où elle
avait rapporté, avec ses rhumatismes, les

quelques sous de rentes qui la faisaient
vivre.

Comme je les connaissais, tous les personnages de son roman sans aventures, ces très
grands personnages, — je le croyais du
moins, — qui, à en juger par leurs daguer-
réotypes à demi effacés, semblaient cependant tout pareils aux gens qu'on voit passer
chaque jour dans la rue. Il m'arrivait de leur
chercher d'irrévérencieuses analogies ; et ils
avaient pour moi une étrange réalité, ils exis-
taient dans mon imagination mêlés à des héros
de contes de fées, à côté de *Peau d'âne*, au
même titre que *Barbe-bleue*, très fermes de
contours et simplifiés comme eux, dessinés
en deux mots qui les contenaient tout entiers.

Il y avait d'abord « Le Prince », — grand
et fort, — et « La Princesse », — bonne et
belle : —prince et princesse à noms bizarres,
mais qu'on pouvait se dispenser de retenir,
puisqu'ils étaient le seul prince et la seule
princesse de l'histoire. « Le Prince », avec
sa haute taille, sa longue moustache hérissée

et ses gros yeux ronds, aurait pu être l'ogre du *Petit-Poucet*, s'il n'avait tant ressemblé au maître de poste, tout simplement. « La Princesse », un peu maigre, très blonde, la figure jolie et douce, me faisait penser à *Cendrillon* après son mariage, mais surtout à la femme du pasteur. Quand je relevais ces singulières ressemblances, en regardant l'album des photographies, mon père ne manquait pas de dire que « tous les hommes sont les mêmes »; et cela choquait les idées hiérarchiques de Mademoiselle.

Venaient ensuite les trois enfants que Mademoiselle avait élevés : Ivan, un beau garçon blond, très sage ; Pierre, un beau garçon brun, un peu turbulent, mais bon cœur ; et Marie, une ravissante petite fille blonde, qui jouait des gammes deux heures par jour sans se plaindre, en sorte qu'elle était très forte au piano pour son âge, et ne faisait presque pas de fautes à ses dictées françaises.

Puis, sans parler d'un « Comte » et d'un « Baron », parents éloignés de la famille,

qui apparaissaient quelquefois, arrivait une
séquelle de domestiques : « le cocher », « la
femme de chambre », « le valet de chambre du
Prince, » « le chef », etc., dont chacun avait
une personnalité bien marquée ; puis les ani-
maux, les chevaux, — dont un délicieux
poney que montait Marie, — les chats, les
chiens, surtout un gros Terre-Neuve, nommé
Turc, très fidèle et très obéissant, qu'il fallut
abattre parce qu'il avait été mordu par un
loup enragé ; enfin, — comparses muets
sans noms ni caractères, obscure collectivité
que j'entrevoyais comme une masse con-
fuse, — les moujiks.

Tous ces êtres, — sauf bien entendu les derniers, — habitaient un somptueux palais,
« dans leurs terres » : une immense étendue
de pays plat que je me figurais toujours cou-
vert de neige. Mille détails de leur vie mé-
langeaient bizarrement le fantastique au
réel : ils allaient à la chasse aux loups, étu-
diaient la grammaire, parcouraient la steppe
en traîneaux, écoutaient Mademoiselle leur

lire des romans de son choix, faisaient fouetter les moujicks à leur enlever la peau, et on
leur servait le thé dans des samovars.

Cela se passait très loin, très loin, là-bas où
l'Europe va se perdre peu à peu dans la Bar-
barie asiatique, et à part les leçons de grammaire et les lectures, à part encore l'affran-
chissement des moujicks délivrés du knout,
cela continuait sans doute là-bas comme autrefois. Malgré l'éloignement, Mademoiselle
restait là-bas. Il fallait voir sa figure s'illumi-
ner quand arrivait une lettre au timbre russe !
C'était de Pierre, ou de Marie (Ivan, le pré-
féré, était mort, — je suis plus d'un gommard,
— ?) ou de « la Princesse » elle-même. Ils
allaient tous bien, grâce à Dieu. Ils parlaient
souvent d'elle, il ne l'oubliaient pas, ils ne
l'oublieraient jamais...

Ce que je ne pouvais comprendre alors,
et que j'ai compris depuis, c'est la place
qu'elle avaient prise et gardaient dans son
cœur.

Quand ils quittaient le pays, jours où elle

gagner son pain comme institutrice dans ce
lointain Orient, Mademoiselle avait dix-huit
ans : c'était un brusque changement dans sa
vie, la fin de ses affections, le regret de ce
qu'il fallait laisser aiguisé par la crainte de
l'inconnu, de ce grand pays froid qui semble
aux derniers confins du monde, de ce «Prince»
habitué à faire fouetter ses serfs comme des
chiens, des jours et des nuits où il faudrait
courir en poste à travers des horizons nouveaux, mon Dieu ! même de ces petits enfants
qu'il s'agissait d'instruire ! Qui sait ? c'était
peut-être encore l'éternel roman de la jeunesse coupé à son plus beau chapitre, à la
page où le cœur se donne, avec l'incertitude
de le renouer jamais ; et c'était au lieu des
rêves qu'il est si bon de suivre dans leurs
régions enchantées tant QU'ON NE SAIT PAS, la
nécessité de SAVOIR, — de deviner avant l'âge
cette laide science des choses humaines qui
rétrécit le cœur des vieillards... Tout cela,
Mademoiselle ne me l'a jamais dit. Quand je
lui demandais de « me parler de la Russie »,

sans songer aux cendres qu'il lui faudrait
remuer, elle me racontait volontiers comment elle avait appris à Ivan, qui était ner-
veux, à compter pour s'endormir; les violences de Pierre, qui parfois, comme pris de
folie, le sang au visage et les yeux hagards,
battait, griffait, mordait son frère ou sa
sœur jusqu'à ce qu'on les lui arrachât, et
pleurait ensuite du mal qu'il avait fait; les
questions de la petite Marie, qui demandait
toujours « pourquoi », et qui disait aussi :
« Je voudrais tant être sage, Mademoiselle, et
je sens que je ne peux pas ! » ou encore les
étranges mélancolies d'Ivan, qui disparais-
sait tout à coup et qu'on retrouvait pleurant
ou priant dans des coins, ou qui restait des
journées entières silencieux, les yeux ouverts
sur le vide, comme hanté par des visions de
fièvre. Ce dernier épisode la remuait toujours
profondément, et elle s'arrêtait de raconter,
les larmes aux yeux, en murmurant: « Ah !
le pauvre, le pauvre cher garçon!... » D'elle,
rien, ou presque rien. De temps en temps, à

peine, des phrases très simples, que je laissais passer inaperçues, et qui me reviennent chaque fois que je pense à elle :

— Comme je me suis ennuyée, les *pre-*
mières années !...

Ou bien :

— Ah!, le *heimweh,* dans cet horrible
pays plat !...

Ou encore :

— ... Et je n'avais *personne* à qui me
confier !...

Elle disait cela en secouant la tête avec
un geste douloureux, comme si l'impression
de ces heures seules ou nostalgiques lui revenait dans toute sa force à travers la distance et le temps ; et je me la figure perdue
là-bas dans la vaste demeure seigneuriale,
accomplissant chaque nuit dans ses rêves
des retours chimériques vers les êtres aimés,
et réveillée au matin par l'aspect de visages
implacablement étrangers ; à peine au seuil
de la vie et pouvant déjà remuer comme des
flammes éteintes des souvenirs passés à ja-

mais ; ne voyant devant elle qu'un avenir
monotone et fermé, pareil à l'horizon des
plaines désolées que rayaient de place en place
les bruyères et les *Kovil*, des plaines qui recommencent toujours...

Cependant, peu à peu, des consolations
venaient.

C'étaient d'abord les habitudes, paisibles,
bienveillantes, qui doucement berçaient ses
regrets et l'inclinaient à la résignation. En
revenant chaque jour à la même heure, la
même occupation, — la leçon de français, la
promenade, les exercices de piano, la lecture du soir, — se faisait plus facile et plus
courte ; les yeux se familiarisaient avec les
meubles, les chambres, les êtres, avec les
arbres du parc, où il y avait bientôt des pla-
ces préférées, avec le paysage même, ce
paysage si désolément étranger ; l'ennui des
premiers jours allait s'atténuant, pour se
fondre à la fin dans le morcellement régulier
des journées.

En même temps s'effaçaient graduellement

les images regrettées : elles n'apparaissaient
plus soudain, aux heures de solitude, dans
la réalité poignante de leur non-posses-
sion ; elles n'avaient plus cette torturante
précision des mirages qui se dressent devant
les voyageurs exténués pour s'évanouir
aussitôt ; les êtres chers et les paysages
affectionnés étaient trop loin, leurs visages
et leurs contours se noyaient dans trop de
brumes, leur souvenir, en devenant moins
net, devenait moins amer : ils restaient un but
aux pensées, ils ne l'étaient plus aux regrets... C'est ainsi que l'oubli envahit le
cœur comme un bienfaisant narcotique amène
le sommeil, et qu'on arrive à jouir presque
de ce qu'on n'a plus...

Puis, des liens d'amitié se formèrent :
« la Princesse », en pénétrant le secret de ce
jeune cœur que travaillait la souffrance, à
mesure qu'elle devinait les regrets dissimu-
lés sous le calme du visage, ce drame quotidien du lent effacement de chers souvenirs,
sentait son indifférence se fondre en pitié

et sa pitié devenir plus affectueuse. Les
enfants aussi s'attachaient à cette sœur
aînée, patiente et douce, qui se donnait
tant de peine pour leur diminuer l'ennui des
gammes, des verbes, de la règle de trois,
et qui avait des élans de tendresse vers eux.
A leurs douteuses avances, à leurs minces
témoignages de sympathie qu'elle notait
précieusement, elle répondait avec une superbe largesse, en se donnant sans calcul,
tout entière, en échange du peu qu'on lui
donnait. Quand elle aima, tout lui devint
facile : sa tâche ingrate s'embellit des rayons
qui s'allumaient en elle. Jusqu'aux bêtes,
qui prirent leur place dans sa vie : elle
avait toujours des larmes dans la voix en
racontant la mort tragique du bon Turc
fusillé par les garde-chasse sous les yeux
mêmes du « Prince ».

Et les années passèrent, comme les couches de neige s'amassent un jour d'hiver,
toutes pareilles, avec à peine quelques voyages et quelques incidents : deux hivers à

Moscou, un autre à Saint-Pétersbourg, trois ou quatre saisons dans des villes d'eaux d'Allemagne. « La Princesse » eut la fièvre typhoïde, Marie la scarlatine, Ivan une fluxion de poitrine : Mademoiselle les veilla. « Le Prince », tourmenté par la goutte, devenait grognon en vieillissant : Mademoiselle lui faisait lecture jusqu'à ce que la voix lui manquât. Le vieux cocher mourut, puis une des femmes de chambre : on les remplaça. Il fut question pour Marie d'un brillant mariage, qui aurait certainement abouti si elle n'eût été trop jeune. Mais rien, en somme, aucun événement grave, jusqu'au jour où Ivan..... Cette mort d'Ivan était un point d'arrêt que Mademoiselle ne dépassait jamais. Elle la laissait inexpliquée malgré mes questions. Quand j'insistais pour savoir quelle maladie l'avait emporté, elle se taisait, hochait la tête, ou se contentait de répéter, comme un refrain dont on sait seul le sens :

« Ah! le pauvre, le pauvre cher garçon!...»

Ce mystère me tourmentait. Quelquefois, avec ma cruelle indiscrétion d'enfant, j'essayais de le surprendre par une demande à brûle-pourpoint. Elle me jetait un regard qui me disait le mal que je venais de faire, et ne répondait pas. Beaucoup plus tard seulement, quand elle pensa que je pouvais comprendre, elle m'avoua qu'il s'était suicidé, à dix-huit ans, sans qu'on sût pourquoi, d'un coup de pistolet, dans sa chambre...

Ainsi, les mêmes chaînes qu'il avait fallu rompre pour partir, les solides chaînes des affections et des habitudes, s'étaient lentement reformées : le moment vint où Mademoiselle aima, autant qu'elle avait aimé son pays et sa famille, cette famille étrangère et ce pays étranger. De là-bas, les lettres se faisaient rares. Les siens mouraient l'un après l'autre; elle ne pouvait les pleurer que de loin; peu à peu, ses affections nouvelles étouffaient les anciennes. Cette vie parmi des êtres dont tous les intérêts la touchaient et qui l'aimaient, en somme, —

c'était presque le bonheur. Le moment vint
où il fallut y renoncer aussi, quand, Ivan
mort, Pierre à l'armée, Marie fiancée, il n'y
eut plus personne à qui enseigner la grammaire ni le piano. « La Princesse », toujours bonne, voulait garder Mademoiselle
auprès d'elle, mais Mademoiselle était trop
fière pour devenir une bouche inutile : elle
leur dit adieu et refit le long voyage.

Qu'avaient été les tristesses du départ
auprès de celles du retour !

Plus de famille ; des parents éloignés seulement, des cousins qui supputent s'il faudra vous nourrir ou ce qu'ils peuvent attendre
de vous ; des amis qui vous ont oublié, ne
vous reconnaissent pas, se rappellent à peine
votre nom et vous regardent avec méfiance ;
la ville natale bouleversée par la civilisation,
avec le chemin de fer, le gaz, des trottoirs
neufs, des rues élargies, des maisons frais
crépies, d'autres lieux, enfin ; seul, le paysage, demeuré immuable dans sa splendeur,
tel qu'on avait si longtemps rêvé de le re-

voir, avec les mêmes lignes et les mêmes
lumières, et seul, réveillant par ses aspects,
dans toute leur vivacité ancienne et avec
un regret cuisant, mille souvenirs endormis, un lent travail d'esprit qui substitue
au regret du pays réintégré et des figures
retrouvées celui du pays quitté et des figures
perdues. Mais cette fois, plus de changement en perspective, plus de départ à crain-
dre ni de retour à espérer, plus rien que la
tombée monotone des mois et des ans...

Mademoiselle redoutait la solitude : après
avoir d'abord essayé de vivre à son ménage, elle se décida à s'installer chez une de
ses amies d'enfance, ancienne institutrice
comme elle, mais qui, rentrée au pays plus
tôt, avait pu se marier. Le petit ménage, qui
ne vivait pas sans peine, fut trop heureux
d'accepter la modeste pension que Mademoiselle offrit de payer.

Ce fut sa troisième famille.

Elle l'aima bientôt comme elle avait aimé
les autres, puis davantage, — la croyant

définitive, — et trop. — Les mères ne consentent guère à voir une femme s'occuper de leurs enfants, les choyer, les gronder, les punir; et bientôt il y eut entre Madame Oudry et Mademoiselle une sourde jalousie qu'aigrirent encore des différences de goûts et de points de vue. Dans son humble ménage, absorbée par les humbles devoirs de sa lutte quotienne contre le besoin, Madame Oudry avait accepté le genre de vie qui convenait à sa position : peu de lecture, plus de musique, beaucoup de raccommodages, une petite bonne à quinze francs par mois, les bijoux reçus en cadeaux de Noël vendus un jour d'échéances; Mademoiselle, au contraire, s'obstinait à conserver, au moins dans ses allures, un peu des aristocratiques habitudes prises là-bas. De sa fille Madame Oudry ne voulait faire qu'une bonne ménagère : ayant souffert elle-même de l'éloignement, de la solitude et de la dépendance, son rêve était que l'enfant pût rester au pays et épouser un honnête hom-

me qui l'aimerait pour ses solides qualités ;
Mademoiselle, qui maintenant regrettait cette
Russie où elle avait tant souffert, voulait
lui « orner l'esprit », comme à ses anciennes
élèves, moitié par manie pédagogique, moitié
pour la préparer, comme elle disait, « à
l'exportation ». Ce fut alors une guerre à
coup d'épingles, des permissions qu'accordait la mère et que la « tante » retirait, des
recommandations contradictoires, des dis-
cussions sans fin, des mots aigres : de sorte
qu'entre ces deux influences qui la tirail-
laient, la petite Jeanne croissait, fûtée,
spéculant sur son obéissance, échafaudant
des calculs malicieux sur les faiblesses en-
entrevues. M. Oudry, homme tranquille, de
peu de poids dans sa maison, dominé par sa
femme plus fine que lui, dédaigné par Mademoiselle à cause de sa mince apparence et
de son peu d'éducation, se plaignait de ces
luttes qui troublaient sa vie effacée, et les
supportait pourtant, à cause de la pension. Mais « rompre avec Mademoiselle »

devint un des projets d'avenir que le ménage caressait dans les causeries intimes;
et, sitôt qu'apparaissait à l'horizon quelque
mirage d'amélioration matérielle, quand
l'un des époux avait dit :

« Nous ferons ceci ou cela... »

L'autre ajoutait aussitôt :

« ... Et nous romprons avec Mademoiselle !... »

La rupture se fit un jour, d'elle-même,
sans cause immédiate, après une futile dis-
pute qui éclaira brusquement la situation, —
et Mademoiselle perdit sa troisième famille.

Elle resta seule définitivement.

Jamais je n'oublierai la grande chambre à
alcôve qui fut sa dernière retraite : aux murs,
les portraits de ses élèves, un crayon de Marie, un petit paysage à l'huile de « la Princesse ». Sur le tapis bleu de la table ronde,
un atlas et trois dictionnaires; des fleurs sur
la cheminée, dans des vases peints, des deux
côtés de la pendule que décorait une Jeanne
d'Arc en bronze. Des housses recouvraient

soigneusement les meubles. Enfin, dans l'embrasure d'une des deux fenêtres, la chaise de paille de Mademoiselle qui n'usait pas de ses fauteuils, par crainte de s'y trouver « trop bien ».

C'est là, sur cette chaise, un banc de bois sous les pieds, qu'elle vécut dix années. Ses douleurs avaient augmenté, malgré deux cures à Louesche et à Aix-les-Bains : elle ne pouvait plus sortir qu'en voiture, et ne s'accordait ce plaisir que deux fois l'an, au printemps et en automne, pour savoir, disait-elle, « si les lilas fleurissent encore » et « si les feuilles jaunissent toujours » ; et elle ajoutait, d'un ton demi-sérieux :

« … Vous comprenez…. il faut bien que je me tienne au courant… »

Ses autres distractions, c'étaient les bruits de la rue, les allées et venues qu'elle entrevoyait dans les appartements d'en face, un atelier de couturières dont le remuement la distrayait, quelques fidèles qui venaient la voir, de temps en temps une courte visite de

Jeanne Oudry, et surtout les bons livres, la *Revue des Deux-Mondes* qu'elle prenait dans un cabinet de lecture, — et suivait à deux ans en arrière.

Jamais revue n'eut lectrice plus fidèle : Mademoiselle lisait avec un égal intérêt, sans passer une ligne, les articles de voyage, de critique littéraire, d'économie politique, et même, quoique d'un œil un peu inquiet, les romans. C'était là, selon elle, la « partie faible », à cause des tendances « trop modernes » qu'elle n'approuvait pas, à cause des adultères et des amours illicites qui l'offusquaient jusqu'au fond de sa conscience toute pure. Elle me dit un jour :

« Je suis navrée ; ce bon Theuriet « s'émancipe » : quel dommage !...

Mais ce qu'elle préférait à tout, c'était la philosophie : le spiritualisme de Caro la ravissait d'aise, et M. Paul Janet lui inspira un tel enthousiasme qu'elle, qui n'achetait jamais de livres, se procura la *Philosophie du bonheur*. Oui, l'in-octavo, relié en demi-

basane, vint s'installer sur la table ronde, à
côté des deux Bouillet et du Petit Littré,
étalant l'ironie de son titre dans cette chambre où il y avait tant de souffrances...

En ce temps-là, mes études m'avaient
amené dans la ville de Mademoiselle, et j'allais la voir tous les jours. Pendant près de
deux ans, il y eut entre nous une intimité
fraternelle : elle était ma sœur très aînée,
un peu maman ; j'étais une espèce de
frère, un peu fils. Sa figure s'illuminait
en me voyant entrer : elle m'appelait son
rayon de soleil; moi, j'avais plus de plaisir auprès d'elle qu'avec aucun de mes
amis, et j'aurais plutôt manqué bien des réunions joyeuses qu'une seule de mes visites
quotidiennes. Nos causeries remuaient tous
les sujets; et je lui laissais exercer sur moi, —
pourvu que cela n'allât pas trop loin, — sa
manie pédagogique. Son purisme d'ancienne
institutrice corrigeait mes « locutions vi-
cieuses » ; volontiers, elle interrompait la
conversation pour chercher dans Bouillet

une date ou l'orthographe d'un nom propre:
je la laissais faire. Mais elle voulait aussi me
faire de la morale, et cela n'allait plus. Je
tenais bon, elle s'emportait; il y eut quelques fâcheries; plus souvent, elle fermait la
discussion d'un « taisez-vous, mécréant! » —
qu'elle accompagnait d'un sourire un peu
menaçant et plein d'indulgence. Moi, tout
fier d'avoir lu Darwin et de citer Büchner,
je considérais ses « taisez-vous » comme des
victoires pour ma dialectique. Est-ce qu'on
sait, à cet âge-là, de quoi se compliquent les
problèmes que nulle science ne résout?... Ah!
ma pauvre vieille amie, pardonnez-moi mes
ratiocinations!.... Je le sais à présent: mes arguments ne valaient pas les vôtres, et si je
ne parviens pas à me convaincre que vous
aviez raison, je suis du moins bien convaincu
que j'avais tort!... Mais qu'importe? Mes paroles ne vous ébranlaient guère, vous ne
m'en vouliez pas, et, la paix faite, nous par-
lions d'autre chose. Je vous lisais mes premiers vers, et vous aviez l'adorable naïveté

de les trouver beaux ; je vous confiais mes
projets d'avenir, et votre affection les voyait
se changer en réalités brillantes ; je vous ra-
contais mes amourettes, et vous les preniez
au sérieux... Oh! le bon, le cher camarade
que vous avez été !...

... Je parlais beaucoup de moi, Mademoiselle ne parlait pas d'elle ; moi qui n'avais
rien à dire, j'étais tout en confidence ; elle
qui avait le cœur si plein, se taisait ; et pas
plus que l'histoire intime de son séjour en
Russie, je n'ai connu l'histoire de son
cœur pendant ces années de solitude où sa
vie finissait lentement. Que cachaient donc
son silence et son calme?... Souffrait-elle
encore, ou avait-elle trouvé le secret d'être
heureuse?... Est-ce que le cœur s'accoutume
à renoncer toutes les joies ordinaires, tous
les liens d'affection qui enchaînent si doucement les hommes ?... Est-ce que c'est
assez d'avoir en soi une flamme vive que
rien d'extérieur ne vient nourrir?... Est-ce
que l'être abandonné ne se réveille pas

quelquefois, la nuit, pour avoir peur de sa
solitude ?... Est-ce que les jours où elle
n'avait reçu nulle visite, où elle n'avait entendu le son de sa voix qu'en donnant des
ordres à la femme qui la servait, où, de sa
fenêtre, elle avait vu passer des gens affai-
rés, des familles, des flâneurs remuant dans
la gaieté du soleil, — est-ce que, ces jours-là,
elle ne sentait pas une tenaille invisible
broyer son cœur gros de regrets ?... Est-ce
qu'aux heures où l'on est triste, elle ne
faisait jamais le compte de tout ce que les
soixante ans de sa vie lui avaient refusé ?...
Je ne sais pas : elle ne me l'a jamais dit,
je ne le lui ai jamais demandé... Peut-être
qu'elle réprimait ses tristesses et ne désirait plus rien...

Il faut croire aussi qu'elle vivait peu dans
ce monde, et qu'elle avait une consolation,
la meilleure peut-être, celle qui manque à
tant d'heureux, la Foi. Qu'importait qu'elle
fût seule, infirme, emprisonnée dans cette
chambre étroite, n'ayant qu'un petit coin de

ciel où laisser s'égarer ses yeux?.. En tournant les feuilles jaunies de sa vieille Bible à
dos brun, son doigt ouvrait de radieux espaces ; dans le silence qui l'enveloppait aux heures les plus seules, quand ses plus tristes
souvenirs auraient pu pleurer dans sa mémoire, elle entendait la voix céleste lui murmurer, sur un ton de douce promesse: « Venez à moi, vous qui pleurez, et vous serez
consolés !... » Et elle allait, confiante, sans
un doute, vers cet avenir pour elle rempli
de certitude. Qu'étaient-ce toutes ses misères? Cette paralysie, qui la raidissait chaque
jour davantage, qui bientôt la clouerait sur
son lit dans une lancinante immobilité, em-
pêcherait-elle son âme de partir?... Son isolement n'était-il pas tout rempli de l'être
mystérieux qu'elle affirmait sans cesse
auprès d'elle ?... Et le splendide APRÈS qui
rayonne dans les divines paroles ne lui
ferait-il pas bientôt, et pour l'éternité des
âges, oublier les maux passagers du fugitif
instant de sa vie?... Seulement, quelquefois,

un murmure lui échappait : elle **trouvait**
l'Après long à venir...

Certes, cette pauvre existence de renonciation, de même qu'elle ne ressemblait par
aucune joie à la commune vie des hommes
semblait aussi devoir échapper à certains des
tracas qui les tourmentent. Toute seule qu'elle
était, et toute souffrante, Mademoiselle avait
son modeste budget réglé, touchait ses rentes à jour fixe, et si elle s'accordait peu de
choses pour elle-même, pouvait au moins
faire un peu de bien à des pauvres qu'elle
attirait, quelques plaisirs à ses amis les plus
fidèles...

... D'étranges amis, par exemple !... Autour d'elle gravitait un monde singulier
de vieilles filles, de veuves, de femmes dé-
laissées, très laides, souvent ridicules : plusieurs avaient une figure inconsolable ou
revêche, une de ces figures qui vous inquiètent quand vous les rencontrez, tant elles
semblent en dehors de la vie; quelques-
unes restaient longtemps assises en silence

sur leur chaise et sortaient au bout d'une
heure sans avoir desserré les lèvres; d'autres
au contraire, babillaient sans attendre la
réplique, d'un caquet de perruches à tête
vide. Il y en avait d'impardonnablement
bêtes, et Mademoiselle disait de chacune:

— Elle est si bonne !...

Il y en avait de méchantes, de cette méchanceté spéciale aux petits endroits, perfi-
des sous un masque doucereux, et Mademoiselle les excusait:

— Elle a été si malheureuse !...

Deux ou trois étaient bonnes, et Mademoiselle s'attendrissait en répétant:

— C'est un ange, vous savez, un ange de
bonté !

Mais celles qui parlaient comme celles qui
se taisaient, celles qui racontaient prolixement
leurs malheurs comme celles qui gardaient
leur secret, toutes trouvaient une consolation auprès de Mademoiselle, toutes l'aimaient, toutes venaient réchauffer à la chaleur de son cœur leur pauvre cœur refroidi.

en savourant la tasse de thé chaud et les biscuits qu'elle avait toujours à leur offrir.

Eh bien! le moment vint où le frêle équilibre de cette existence fut renversé :

Ce fut une de ces catastrophes comme il s'en produit dans les petites villes, qui engloutissent soudain de chétives aisances : l'effondrement, en quelques coups de bourse, d'une maison de confiance, le vent de la spéculation, venu de loin, emportant en passant une banque privée... Et jamais question d'argent ne se posa plus tragiquement que le jour où le malheureux failli dut venir dire à Mademoiselle, en pleurant et en lui demandant pardon :

— Vous n'avez plus rien !

Pendant ses longues années de travail, quand elle n'avait pas encore la foi, quand l'avenir lui apparaissait comme un voyage où l'on se meurtrit les pieds sans but, au bout de ses journées monotones, dans l'isolement de la chambre où elle veillait, elle pouvait se dire : « Au moins, j'aurai du pain

pour mes vieux jours ! » Cette idée la récon-
fortait : l'indépendance entrevue, même très
loin, bien après la jeunesse sacrifiée, c'était
comme une illusion de bonheur. Maintenant
la vieillesse arrivait, la vieillesse infirme, —
et elle n'avait plus de pain !.. Et c'était affreux,
d'assister à son désespoir, de la voir pleurer,
elle qui bravait tous ses maux avec un
héroïque sourire, pleurer de vraies larmes
pour ce misérable argent disparu. Elle s'é-
tait résignée à son existence sans joie, à son
isolement, à la tristesse de sa grande chambre, à ses infirmités chaque jour plus cruelles :
mais à cela, à la nécessité de recourir à la
bourse des amis, d'accepter une pension de
« la Princesse », — non, non !.. Et elle se
débattait comme un homme d'affaires aux
abois, mandant son notaire, consultant des
avocats, s'indignant contre les lacunes du
Code, faisant le tour des injustices de la Loi.
Elle ne lisait plus, la tête labourée par son
idée fixe qui faisait le vide dans son cerveau. Elle ne priait plus : en ces moments-là,

quand se dressent ainsi les basses nécessités
de la vie, Dieu manque comme le reste. Elle
restait abîmée dans sa douleur, plus inconsolable qu'une mère qui a perdu son enfant...
Un tel désespoir m'étonnait, — m'indignait
même un peu dans mon mépris de l'argent
encore enfantin : était-ce donc si grave ?...
est-ce qu'on ne trouve pas toujours le peu
qu'il faut pour vivre ?.. Ne comprenant pas ses
angoisses, je la trouvais faible, ma vieille amie.

La liquidation de la faillite fut un peu
moins désastreuse qu'on ne l'avait craint d'a-
bord, et il resta quelque chose à Mademoiselle : bien peu, sans doute, mais enfin, de
quoi végéter encore, en plaçant en rentes
viagères les dernières sommes réalisées. Le
sacrifice nécessaire, cet irrésistible abandon
à quelque société financière de l'humble fortune dont chaque parcelle représentait un
effort, une privation, une fatigue, lui semblait
au-dessus de ses forces. Elle ne pouvait s'y
résoudre. Elle reculait de jour en jour
l'heure de la décision, en disant :

— Je veux laisser quelque chose à ceux qui m'aiment !...

C'était peut-être la dernière manifestation de l'instinct de vivre, du besoin de ne pas disparaître en entier, sans survivance, sans souvenir, soi, son œuvre et son bien. C'était une angoisse aussi : car, trompée une fois, Mademoiselle ne voyait plus aucune certitude autour d'elle : si cette suprême ressource venait à lui manquer ?... si sa compagnie se ruinait comme son banquier ?... Après ?...

Il fallut pourtant signer à double le contrat, et quand il fut dûment établi que son capital ne lui appartenait plus, elle disait avec un sourire navré :

— Il y a un bon côté à tout cela : je mourrai plus tôt, pour que la compagnie ait son bénéfice...

Et rien ne fut changé dans la grande chambre : les mêmes meubles conservèrent leurs housses proprettes ; la *Philosophie du bonheur* garda sa place entre les dictionnaires ; seulement, plus de fruits dans les coupes, plus de fleurs fraîches sur la cheminée : les amis n'en osaient plus apporter, car Mademoiselle, qui s'en réjouissait autrefois, disait avec aigreur que c'était une aumône et qu'elle n'en voulait pas. Puis, peu à peu, son chagrin s'apaisa ; elle s'accoutuma à sa nouvelle vie, dont le fond seul était changé ; elle redevint bienveillante et bonne à tous ; elle accepta de nouveau les fleurs qu'on lui offrait. Et dans son embrasure de fenêtre, un peu plus ankylosée sur sa chaise de paille, son petit banc de bois sous les pieds, elle continuait de vieillir, berçant sa rêverie ou sa lecture du bruit monotone des aiguilles à tricoter...

... Je quittai la ville, je ne vis plus ma vieille amie que d'année en année ; et à chaque nouveau voyage, j'étais effrayé du progrès de son mal.

Elle ne sortait plus, même en voiture ; elle n'était plus « au courant » ; les étés, les hivers, les printemps, les automnes se succédaient, sans qu'elle en vît autre chose qu'un rayon de soleil à sa croisée ou les dessins du givre à ses vitres. Douloureusement, elle se traînait de son lit à sa chaise, qu'elle quittait d'heure en heure, avec des contorsions et des efforts, « pour se dégourdir. » Ses mouvements étaient gênés de plus en plus. Une année, elle me dit :

— Mon parasol ne me suffit plus : j'ai des béquilles, à présent...

Elle me les montrait d'un regard désolé, appuyées à sa chaise, prêtes à leur lamentable office ; elle ajouta encore, avec une indicible expression de désespérée ironie :

— Et je me porte bien : j'engraisse !...

En effet, sa figure se bouffissait; l'immobilité alourdissait encore son pauvre corps perclus. Bientôt, l'asthme vint ajouter ses étouffements aux tortures du rhumatisme ; je trouvai la chaise et le petit banc tirés de l'embrasure et transportés à côté du lit, dans l'alcôve :

— Je ne puis plus aller à la fenêtre, me dit-

elle... Je reste là... On me porte... Je ne
m'appartiens plus... Impossible de faire un
mouvement...

Sa voix sifflait ; elle toussait presque entre chaque phrase ; sa respiration était si
difficile que ses efforts faisaient couler de
son front une sueur froide et continue. Elle
n'en pouvait plus : son stoïcisme chrétien
l'avait abandonnée; il lui venait des révoltes;
elle se plaignit :

— Et je dure..., je dure toujours !... Je ne
sers à rien..., je souffre..., je suis seule...,
pourquoi Dieu ne me rappelle-t-il pas?... Il
y en a tant qui voudraient vivre..., et moi...,
je voudrais tant mourir !...

Pourtant, dès que les douleurs lui lais-
saient un instant de répit, elle allongeait la
main vers un guéridon placé à portée, et
prenait son ouvrage, — l'éternel tricot qui
n'avançait plus, — ou la *Revue des Deux-
Mondes*, ou sa Bible : car l'esprit demeurait
sain dans ce corps ravagé, et curieux toujours, obstiné à remuer ses idées coutumiè-

res. Elle déplora les tendances de la littérature moderne, à propos d'une histoire un
peu scandaleuse que détaillait un de ses con-
teurs favoris. Les Décadents l'inquiétaient.
Elle haïssait Zola d'une haine carthaginoise,
et se troublait en constatant les progrès du
« pessimisme ». Un jour, elle me dit cette
parole :

— Ces gens-là manquent de charité ; ils
n'aiment pas « leur prochain ».

Elle l'aimait, elle, et plus qu'elle-même,
selon le précepte divin ; à chaque instant, sa
pensée s'enfuyait de sa chambre, oubliait son
corps endolori, et, compatissante, s'en allait
suivre les autres, ceux qu'elle connaissait et
les inconnus, ses amis « plus malheureux
qu'elle »,—car elle savait que cette échelle-là
n'a pas de dernier échelon, — et la foule des
déshérités qu'on ignore, dont des échos lointains révèlent à peine, de temps en temps, à
notre indifférence, l'existence et les angoisses. Leurs maux la tourmentaient autant
que les siens propres ; sur des anecdotes

qu'on lui rapportait du dehors comme une
odeur de vie, sur les drames de l'amour ou
de la misère qu'un journal lui racontait, elle
avait des mots profonds et touchants, comme
elle avait aussi des extases sur un bouquet
de violettes qui lui donnait pour un instant
tout le parfum des prés. C'est ainsi qu'elle fris-
sonnait quand il lui parvenait, comme par vi-
bration du dehors, un murmure de cette
double vie des hommes et de la nature qu'elle
ne reverrait plus, un souffle de la bonté des
êtres, une image de la beauté des choses.

Aussi, comme elle restait chère à tous ceux
qui la connaissaient!... D'année en année,
je revoyais autour d'elle les mêmes figures,
un peu vieillies seulement, un peu plus rata-
tinées, qu'elle accueillait avec la même bienveillance. Son petit monde de déshérités
continuait à tourner autour d'elle, sans voir
que l'axe était cassé; de sa voix sifflante, elle
leur distribuait encore les consolantes paroles qu'elle seule savait trouver; du geste elle
leur montrait, sur son poêle, le bon thé

chaud qui les attendait et qu'elle ne pouvait
plus servir elle-même ; elle faisait taire sa
toux pour écouter jusqu'au bout les doléan-
ces mille fois entendues, ou pour ne pas
troubler le silence de celles qui, sans rien
dire, avaient l'air de penser. Et, parce qu'elle
avait connu et pratiqué l'amour du prochain,
elle fut pleurée, quand la mort vint enfin la
délivrer, doucement et sans affres, comme
si les longs mois qui avaient précédé n'avaient
été qu'une lente agonie...

. . . .

... Ah ! quel chef-d'œuvre, que cette vie
ignorée qui vient de s'éteindre dans le silence
et dans l'oubli !... Nous admirons les heureux et les forts qui poursuivent un but, qui
l'atteignent, qui font le bien, qui sont grands
ou qui sont bons. Mais aimer et se faire aimer
à travers tant de douleurs, n'est-ce pas là le
dernier mot de l'art de vivre ?... Ma pauvre
amie savait que la nature est cruelle et que
l'homme est méchant, et malgré ses cruautés
et malgré sa malice, la nature et l'homme lui

restaient chers. L'œil levé vers l'Inconnu,
au-dessus de ses maux, au-dessus de ceux
des autres, par delà les espaces que peuvent
atteindre nos plaintes avant de s'être tues,
elle voyait Dieu confondant toutes les disso-
nances dans l'ampleur d'une souveraine harmonie... Ah! sa Bible a mille fois raison:
Heureux les simples! A eux le royaume des
cieux, — s'il existe, — à eux en tout cas la
paix sur la terre!...

II

Paris, février.

C'est à coup sûr un premier pas dans
une bonne voie, que de devenir attentif aux
misères humaines.

Longtemps, LES AUTRES sont des indifférents, presque des ennemis. On les regarde
de haut. Ils ne vous inspirent guère qu'une
sorte d'instinctif éloignement où le dilettantisme mélange du mépris, peut-être même

un peu de haine : ne sont-ils pas le « vulgus
profanum » dont tous les mots et les actes
sont frustes, la masse insignifiante des
êtres rétrécis par les besoins du jour, le
gros paquet des exemplaires moyens de l'espèce, si différents des exemplaires de choix,
qu'ils semblent d'autre essence ? Ont-ils accès
aux mystères des délicats ? Se soucient-ils des
hautes pensées plus que les raffinés de leurs
menus tracas, et le grossier dédain qu'ils en
affichent ne brise-t-il pas toute solidarité
entre eux et les disciples de l'Esprit ?... Pourtant, sortir de soi, ouvrir les yeux sur eux,
comprendre qu'ils souffrent, se mettre à les
aimer, voilà le but suprême que montre un
rayon de lumière au terme de toute ré-
flexion... Mais qu'est-ce encore que cet élar-
gissement des cœurs? La pitié, qu'il développe, n'est pas un sentiment qui se suffise à
soi-même, comme l'amour ou comme la foi :
elle renferme un principe d'action qui demande
à se déployer ; si elle ne devient pas active, elle
meurt comme une fleur stérile. Et que faire?...

La charité sous ses formes diverses, aumônes, fondations, collectes, est une duperie : l'augmentation de la misère en fait éclater l'impuissance, et il y a dans sa pratique
un aveu d'injustice qu'un esprit droit ne
saurait accepter : corriger l'iniquité du sort
en abandonnant la plus faible part de son
superflu, n'est-ce pas une criminelle hypocrisie? Nous avons des devoirs envers les
déshérités, ou nous n'en avons pas : si nous
n'en avons pas, buvons, mangeons, jouissons, les yeux fermés aux misères dont le
spectacle nous gâterait nos joies, sûrement
retranchés dans une forteresse d'égoïsme. Si
nous en avons, ne croyons pas les remplir
par un sacrifice partiel de nous-mêmes, ne
trompons pas notre conscience par des demi-
concessions : c'est tout entier qu'il faut nous
donner, nous, nos plaisirs, nos cœurs et
nos biens. « Donne tout aux pauvres, et suis
moi » : on ne peut qu'obéir ou désobéir à la
rigoureuse parole; si l'on ne fait pas tout, on
n'a rien fait... Et nul homme de bonne vo-

lonté ne sera jamais logique jusqu'au bout.

Ne croyons pas non plus que nous faisons du bien en creusant des problèmes : la pitié, de même qu'elle est active, est pratique. Elle ne s'enfuit pas dans les transcendances, elle reste sur la terre, son vrai domaine, à panser les plaies des blessés, à laver les pieds meurtris, à sécher les larmes qui coulent. Sans doute, elle ne dédaigne pas les paroles : les paroles sont des dictames qu'elle doit savoir appliquer. Mais elle va plus loin que leur bruit : derrière les bienfaits qu'elle sème, elle vise jusqu'à la Justice, et, mécontente des palliatifs inventés par la demi-bonté, elle rêve d'installer sur la terre le règne nouveau, fait d'équité... et de bienveillance.

La poursuite de ce règne est la plus noble tâche ouverte à notre activité. Hélas! quels sacrifices elle comporte, et où les paisibles amis de l'étude, où les doux contemplatifs enivrés par les vérités entrevues, prendront-ils la force de les accomplir?... Il

faut quitter les temples sereins et les livres.
Il faut descendre dans les chantiers et dans
les mines, demeurer dans les faubourgs, connaître les cités ouvrières, entrer dans les
taudis où étouffent les pauvres : c'est là le
premier acte de l'enquête; une fois ces
besoins mesurés, il faut établir le rapport
difficile entre les conditions des hommes et
le bien-être auquel leur œuvre leur donne
droit, entre le maçon et l'édifice, entre le
mineur et les effets de la houille, entre le
paysan dont les sueurs font pousser les
fruits et les tables qu'ils décorent : et là,
déjà, une question se pose qui menace de
renverser les premières données acquises :
est-ce que tous ces efforts ne sont pas les
mêmes? Est-ce que tous les droits ne sont
pas égaux?... Et pourtant, le paysan, libre
dans le grand air, ne sera-t-il pas toujours plus
heureux que le mineur enterré dans ses fosses:
pourquoi?... Hélas! la question n'a pas de réponse, et voici que d'autres se dressent qui
n'en ont pas non plus et qu'il faut trancher

cependant, si l'on veut aller plus loin : les
hommes sont inégaux de forces et de facultés,
sans que cette inégalité soit leur fait : la justice
veut-elle qu'on maintienne ou qu'on sup-
prime les différences qui en résultent?... Si
oui, la propriété est légitime : mais dans
quelles proportions?... Si non, la production
collective et la consommation libre s'imposent : mais comment les organiser?... A
peser ces problèmes, on passerait sa vie : il
faut passer outre et choisir, et, une fois un
principe arrêté, consacrer toutes ses forces
à en hâter le triomphe, — au prix de quels
efforts!... Il faut, renonçant à tout ce qu'on
aime, écrire des brochures en mauvais style,
parler dans des salles enfumées, au milieu
du tumulte et du bruit, subir les calomnies,
répondre aux injures, voir s'épuiser ses
forces et se fondre ses jours dans cette bataille sans repos où la violence vous poursuit. — qui sait? devient votre arme aussi,
peut-être : car là, on ne peut aimer sans
haïr; on ne peut donner aux uns sans arra-

cher aux autres ; de la main qui ferme de
vieilles blessures, on en ouvrira de nouvelles...
Encore si la mêlée était franche? Mais non :
il faut subir la promiscuité,—parfois l'alliance,
— des misérables qui exploitent à leur profit les cris de toutes les victimes, et, parce
qu'on aime loyalement la Justice et parce
qu'on la cherche, on sera solidaire, aux yeux
des hommes, des braillards de carrefours et
des socialistes de taverne!...

Et après?

Après, on s'anéantit dans l'œuvre inache-
vée que les générations n'achèveront jamais
peut-être. On meurt sans voir le résultat de
sa vie, ne laissant derrière soi que les mêmes
injustices, les mêmes misères, les mêmes
haines, — quelques-unes de plus peut-être...
On a donné son nom, ses forces, son âme
à l'avenir de cette humanité dont le progrès
est un leurre : il faudrait y croire, au moins,
il faudrait un peu de foi...

La foi!... De quelque côté qu'on parte, on
aboutit au même point : il y a une cohésion

terrible entre tous les sentiments qui peuvent
être les leviers de grandes choses et donner un sens à la vie. Impossible de concevoir la Pitié sans l'Amour, et l'Amour sans
la Foi; impossible d'aimer sans croire; et
si l'on croit à l'Humanité, au Bien, à la Vérité, à la Justice, — tous ces absolus n'im-
pliquent-ils pas l'Absolu suprême, Dieu?
Peuvent-ils exister sans lui? En renversant
son règne dans le ciel n'a-t-on pas renversé
leur règne sur la terre?... La négation de
ceux qui secouent le joug de Dieu pour délivrer les hommes va plus loin qu'ils ne
pensent : elle atteint leurs théories, elle
mine leurs espérances, elle montre le néant
du progrès qu'ils annoncent dans le néant
infini, et les hommes de meilleure volonté
sentent tomber leurs bras devant ce vide où
il faudrait s'agiter... Oui, ce serait d'apôtres
dont les hommes auraient besoin, c'est
apôtre qu'il faudrait être quand on les aime
et quand on veut leur bien.....

. . . .

..... Ils allaient, dans leur robe blanche,
de village en village et de ville en ville, par
le vent, le soleil ou la pluie; ils s'arrêtaient
dans la maison des pauvres qui partageaient
avec eux leur pain noir et dont ils conso-
laient la détresse; ils ne possédaient rien,
que leurs sandales, leur besace vide, la corde
dont ils ceignaient leurs reins; ils ne savaient
rien, sinon que les hommes souffrent et
qu'ils les aimaient; les puissants de la terre
les traquaient comme des bêtes malfaisantes;
les prisons se fermaient sur eux; ils mouraient en croix, la tête en bas, ou servaient
de flambeaux pour éclairer des fêtes; et ils
ont changé la face du monde... Que
feraient aujourd'hui ceux qui, ayant tout
renoncé comme eux, prêcheraient avec leurs
forces et leur foi le règne de la Justice, de
l'Amour et de la Vérité?...

III

... A quoi bon agir? A quoi bon rien en-
treprendre? Et comment aimer les hommes,
dans ce temps trouble où le lendemain n'est
qu'une menace!... Tout ce que nous avons
commencé, nos idées qui mûrissent, nos
œuvres entrevues, le peu de bien que nous
aurons pu faire, — ne sera-ce pas emporté
par l'ouragan qui se prépare?... Partout le
terrain tremble sous nos pas, et des nuages
s'amassent à notre horizon, qui ne nous
feront pas grâce.

Ah! s'il n'y avait à redouter que la Révo-
lution dont on nous fait un spectre!... Incapable d'imaginer une société plus détes-
table que la nôtre, j'ai, pour celle qui
lui succédera, plus de méfiance que de
crainte. Si je devais souffrir de la transfor-
mation, je me consolerais en pensant que les
bourreaux du jour sont les victimes de la

veille, et l'attente du mieux ferait supporter
le pire. Mais ce n'est pas ce péril éloigné
qui m'effraye : j'en vois un autre, plus rap-
proché, plus cruel surtout, plus cruel, parce
qu'il n'a nulle excuse, parce qu'il est absurde,
parce qu'il n'en peut résulter aucun bien :
chaque jour, on pèse les chances de guerre
du lendemain, et chaque jour elles sont plus
impitoyables...

La pensée recule devant une catastrophe
qui apparaît au bout du siècle comme le
terme du progrès de notre ère, — et il faut
s'y habituer pourtant : depuis vingt ans,
toutes les forces du savoir s'épuisent à in-
venter des engins de destruction, et bientôt quelques coups de canon suffiront pour
abattre une armée; on a mis sous les armes,
non plus, comme autrefois, quelques milliers
de pauvres diables dont on payait le sang,
mais des peuples entiers qui vont s'entr'é-
gorger; on leur vole leur temps pour leur
voler plus sûrement leur vie; pour les préparer au massacre, on attise leurs haines en

14

leur persuadant qu'ils sont haïs : et des
hommes doux se laissent prendre au jeu, et
l'on va voir se jeter l'une sur l'autre, avec
des férocités de bêtes fauves, des troupes
furieuses de paisibles citoyens, auxquels un
ordre inepte mettra le fusil à la main, Dieu
sait pour quel ridicule incident de frontières
ou pour quels mercantiles intérêts colo-
niaux!... Ils marcheront, comme des moutons
à la tuerie, — mais sachant où ils vont,
sachant qu'ils quittent leurs femmes, sachant
que leurs enfants auront faim, anxieux,
et grisés pourtant par les mots sonores et
menteurs claironnés à leurs oreilles. Ils
marcheront sans révolte, passifs et résignés, — alors qu'ils sont la masse et la
force, et qu'ils seraient le pouvoir s'ils voulaient, et qu'ils pourraient, s'ils savaient
s'entendre, établir le bon sens et la frater-
nité à la place des roueries sauvages de la
diplomatie. Ils marcheront, tellement trompés, tellement dupes, qu'ils croiront le car-
nage un devoir et demanderont à Dieu de

bénir leurs sanguinaires appétits. Ils marcheront, piétinant les récoltes qu'ils ont semées,
brûlant les villes qu'ils ont construites, avec
des chants d'enthousiasme, des cris de joie,
des musiques de fêtes. Et leurs fils élèveront
des statues à ceux qui les auront le mieux
massacrés!...

Le sort de toute une génération dépend
de l'heure à laquelle quelque funèbre politi-
cien donnera le signal qui sera suivi. Nous
savons que les meilleurs parmi nous seront
fauchés et que notre œuvre sera détruite en
germe. Nous le savons, et nous en frémissons
de colère, et nous ne pouvons rien. Nous avons
été pris dans le filet des bureaux et des pape-
rasses qu'il faudrait, pour briser, une trop
rude secousse. Nous appartenons aux lois
que nous avons érigées pour nous protéger
et qui nous oppriment. Nous ne sommes
plus que les choses de cette antinomique
abstraction, l'État, qui fait chaque individu
esclave au nom de la volonté de tous, les
quels tous, pris isolément, voudraient le

contraire exact de ce qu'on leur fera faire.

Et si encore ce n'était qu'une génération qui doive être sacrifiée! Mais il y a d'autres intérêts jetés dans la partie.

Les déclamateurs à gages, les ambitieux exploiteurs des mauvais penchants des foules et les pauvres d'esprit que trompe la sonorité des mots ont tellement envenimé les haines nationales que la guerre de demain jouera l'existence d'une race : un des éléments qui ont constitué le monde moderne est menacé; celui qui sera vaincu devra moralement disparaître, — et quel qu'il soit, on verra s'anéantir une force, — comme s'il y en avait une de trop pour le bien ! — l'on verra se former une Europe nouvelle, sur des bases telles, si injustes, si brutales, si sanglantes, souillées d'une si monstrueuse tache, qu'elle ne peut être que pire encore que celle d'aujourd'hui, — plus inique, plus barbare et plus violente...

Aussi, l'on sent peser sur soi un immense découragement. Nous nous agitons dans une

impasse, avec des fusils braqués sur nous
de tous les toits. Notre travail est celui des
matelots exécutant leur dernière manœu-
vre qnand le vaiseau commence à couler
bas. Nos plaisirs sont ceux du condamné
auquel on offre un morceau de son choix un
quart d'heure avant le supplice. L'angoisse
paralyse notre pensée, et le plus bel effort
dont elle soit capable, c'est de calculer, — en
épelant les vagues discours des Ministres, en
tordant le sens des paroles des souverains,
en retournant les mots qu'on prête aux di-
plomates et que colportent les journaux au
hasard incertain de leurs informations, — si
ce sera demain ou après demain, cette année
ou l'année prochaine, qu'on nous égorgera.
En sorte qu'on chercherait en vain dans l'histoire une époque plus incertaine et plus
lourde d'angoisses...

IV

A la montagne.

L'air et la marche, quelles joies !...

Le matin, dès le point du jour, je pars à l'aventure par un de ces sentiers pierreux qui montent aux sommets. Des vapeurs bleuâtres rampent encore au fond des abîmes : je les vois s'élever peu à peu, de plus en plus légères, pour se fondre enfin dans la limpidité du ciel. C'est le triomphe de la lumière, et la montagne, avec ses découpures et ses couleurs, baigne tout entière dans des flots de soleil. Alors, dans l'immense solitude silencieuse où l'on n'entend que des sons éloignés de clochettes ou des bruissements d'insectes, parmi les échos assourdis que n'éveille nulle voix humaine, — couché sous les sapins et grisé par les parfums sauvages des plantes alpestres, ou assis auprès des sources fraîches qui m'ont désaltéré,

j'éprouve un indicible bien-être, comme le
sentiment d'un poids qui s'est soulevé et me
laisse le souffle libre. Ce n'est pas la beauté
des paysages qui me saisit : le monde extérieur n'est point mon maître, et ses aspects
en eux-mêmes ont peu d'attraits pour moi :
non, c'est la solitude, la pleine solitude, avec
les illusions de force et de liberté qu'elle dégage. On est si loin des hommes, de leur bruit,
de leurs peines et de leur tyrannie !... On
est si loin des agglomérations où, dans l'étouf-
fement des rues étroites, on sent peser sur soi
le faix des existences entassées !... Il semble
que des souffles d'amour descendent sur la
terre du ciel plus près, et l'on peut oublier
que la haine et l'injustice sévissent là-bas,
dans les plaines entrevues... Pourquoi ne pas
me l'avouer ? Je m'accommoderais de vivre
ici, toujours, et renonçant à toute ambition,
oublieux de ma condition d'homme, de ses
soucis, de ses devoirs... On n'échappe pas à
sa nature : c'est en vain que je me prends
d'amour pour mon prochain, et que je rêve

d'apostolat et de sacrifice : le tenace INDI-
VIDUALISTE qu'il y a en moi est toujours prêt à
reprendre ses droits : c'est lui qui est heureux, maintenant, c'est lui qui se pâme d'aise
dans l'égoïste isolement, c'est lui qui jouit d'a-
voir secoué ses liens de solidarité, de pouvoir
être LUI, sans devoir qui le gêne, sans occupation qui lui pèse, et de laisser vagabonder
sa fantaisie au gré de ses caprices, et de suivre sans calcul les jeux folâtres de ses idées,
qui marchent, fuient, s'échappent et se re-
forment comme les vapeurs du matin, inutiles et légères comme elles, si doucement
fluides qu'on les sent à peine glisser, si déli-
cieusement belles dans leurs formes vagues
qu'on ose à peine les étreindre, et qui finis-
sent par se fondre dans le rêve comme les vapeurs dans la lumière...

Que d'autres admirent les architectures des
rochers, les lignes des montagnes, l'effet
des glaciers sous le ciel, et les torrents, et
les cascades. Je ne sais si je les regarde,
je ne sais si je les vois, je sens que leur

détail m'échappe : mais je profite de l'espace ouvert pour laisser grandir mon âme.
Je me dissipe dans les choses et les choses
se résorbent en moi ; je dédaigne leur réalité
pour en admirer les reflets dans mon cœur;
et je sens qu'incapable de décrire aucun des
sites que j'ai traversés, je les ai pourtant
mieux vus que si je les avais peints.

Au retour, d'autres joies m'attendent .

Dès le bas du sentier qui tombe sur le
village, j'aperçois, sur la petite place
ovale, devant l'auberge qui fait face à
l'église, ma *bébette* et sa mère m'attendant toutes deux. Au joyeux « voilà
papa! » de la petite, se dissipe en un instant
la saine fatigue de la marche, dont je suis
bientôt rafraîchi. On sonne le « souper » ;
nous nous mettons à table, et de quel appétit nous dévorons l'horrible cuisine qu'on
nous sert!... Il n'y a pas de sauce à la ca-
nelle, pas de chamois centenaire, — et Dieu
sait s'ils deviennent vieux dans ce pays!...
pas de rôti brûlé et coriace qui décou-

rage notre faim : je n'ai jamais compris les
plaisirs de la bonne chère comme ici, devant
ces plats sans nom ni forme, aux fumets
sacrilèges, qu'ont seuls assaisonnés le bon
air et le mouvement...

Alors commence la soirée, l'heure délicieuse et trop brève où la paix est complète.
Les lourds montagnards, assis sur des bancs
devant leurs chalets, boivent à petite gorgée
leur vin jaune, dur et violent, ou, sans verre
devant eux, graves comme le paysage, fu-
ment des pipes silencieuses. Le calme est si
profond, si envahissant, si irrésistible, qu'il
a gagné jusqu'aux remuants étrangers de
l'hôtel, qui rêvent par petits groupes, ou se
promènent sans rien dire, à pas lents. Cependant, l'angelus égrène ses coups espacés ;
puis, soudain, au moment où le soleil rou-
geoie avant de disparaître, éclate un joyeux
carillon : ce sont les chèvres qui reviennent de
paître, folâtres, fantasques, zigzaguant, ivres
des plantes parfumées qu'elles ont broutées
entre les rochers, bêlant et bataillant entre

elles, et poursuivies par le fouet du chevrier
et les aboiements du chien-berger qui
les houspille. Leur tintinnabulant passage
interrompt brusquement le silence : trois
minutes de va-et-vient, des rires, des cris sur
la place, parmi les étrangers que le même
rien divertit tous les soirs. Le peuple des
enfants surtout est en fête : *Bébette* adore les
« petites cèvres », mais comme elles ont des
cornes, et qu'elles sont un peu brusques dans
leurs mouvements, elle en a grand'peur
aussi. Elle court au devant d'elles dès qu'elle
les entend, son tablier rempli de morceaux
de pain qu'elle a recueillis autour de la table,
— et, dès qu'elle les aperçoit, se sauve de
toute la vitesse de ses petites jambes pas
encore bien solides. Je la prends par la main,
je la rassure, et nous voici au milieu du troupeau : je lui fais toucher les cornes des bêtes
inoffensives, elle leur donne son pain avec
des cris de joie, elle n'a plus peur, elle est
heureuse... Mais l'arrière-garde du troupeau
est arrivée, le chevrier s'impatiente, le chien

fait rage, et les chèvres se dispersent. rejoi-
gnant d'elles-mêmes leurs écuries, poursuivies
par les enfants qui leur tendent les restes de
leur pain... On entend encore quelques sons
de clochettes, quelques cris, puis plus rien.
Bébette, comme les autres petits, est allée se
coucher en rêvant à des petites bêtes. Le soleil
a disparu. Peu à peu, l'ombre s'avance,
s'épaissit, entoure les chalets sombres, l'é-
glise blanche, et voile l'horizon où seuls les
glaciers jettent encore des clartés livides.
Les groupes d'étrangers, sans rien dire, se
dessinent de place en place, noirs dans le
crépuscule. Le silence se fait religieux de
plus en plus ; et dans l'apaisement dernier
des bruits et des mouvements du jour, dans
la fatigue des pas allongés sur les chemins
rocheux, dans le rafraîchissement bienfaisant des bonnes sueurs répandues, l'esprit se tait, endormi, quoique le corps veille
encore, endormi sans rêve, d'un sommeil
qu'on sent, d'un sommeil très pur et très
bon qui participe au sommeil de toutes

choses, à celui des grands pics immobiles,
des forêts que pas un souffle n'agite, des
pâturages étendus sous la rosée avec leurs
rhododendrons, leurs soldanelles et leurs
trolles endormis aussi, fermés sur des insectes qui dorment...

V

A la montagne.

Ces montagnards ont une dure vie.
Guère industrieux, inhabiles à exploiter le
peu que la nature leur donne, ils tirent
miette à miette leur pain de leur sol ingrat,
avec des maladresses que corrige une énorme
dépense de forces. C'est ainsi qu'ils laissent
se perdre les excellents champignons qui
poussent à foison dans leurs bois, et culti-
vent des champs d'orge ou de pommes de
terre, grands comme des carrés de papier,
partout où ils trouvent quelques mottes de
terre perdues parmi leurs rochers. Les fem-

mes travaillent plus que les hommes : ce
sont elles qui vont chercher les récoltes, par
les sentiers en casse-cou, et qui rapportent
sur leurs têtes de pesantes charges de foin,
s'abîmant dans cette fatigue qui dépasse
leurs forces : aussi ne voit-on des vieilles
que courbées en deux et travaillant encore
sur cette terre où leurs mains traînent, ou
sautillant sous leurs fardeaux dans des dé-
marches choréiques. Personne ne songe encore aux métiers faciles inventés dans les
endroits d'étrangers ; on ne roule pas encore
des pierres dans les abîmes, il n'y pas de
tourniquets devant les cascades, peu de voi-
turiers, point de camelots ; les guides sont
de rudes grimpeurs, qu'on ne paye pas pour
rien, et qu'utilisent seulement les vrais al-
pinistes, ceux qui aiment à risquer leur vie
dans de tragiques excursions...

Gens sérieux, d'ailleurs, et graves : point
de fêtes, point de réjouissances. Ils dansent
deux fois par année : les hommes entre eux,
pendant que les femmes regardent. Ils ne

parlent guère : au lavoir, on n'entend que
le bruit du linge battu, sans le caquet des les-
siveuses; aux champs, chacun travaille dans
son coin; il y en a qui passent des mois entiers isolés dans de hauts pâturages, ne
voyant que l'homme qui leur apporte du pain
une fois par semaine, et dédaignant de lui
demander ce qui se passe au-dessous deux.
Quand on les interroge sur leur vie, ils ré-
pondent à peine : par méfiance, ou parce
qu'ils ne savent pas?... Ils réfléchissent pourtant : leurs rares paroles portent la marque
du bon sens, et l'on croirait que de longs
calculs ont préparé leurs moindres actions.
Ils semblent indifférents au bien-être : leurs
chalets de bois sont petits et noirs, minces
abris contre les froids terribles de leurs hivers, chauffés par d'énormes poêles en pierre
étouffants, troués seulement d'étroites fenêtres où filtrent à peine de minces rayons de
lumière et des filets d'air. Ils mangent les
légumes qu'ils ont fait pousser dans leurs jar-
dinets où se balancent de rares tournesols,

un horrible fromage sentant le suif qu'ils
trouvent meilleur plus il est ranci, quelques
quartiers de chèvre ou de porc fumés. Ce
sont là les détails qu'on peut observer d'eux;
mais, en voyant les jeunes filles taper leur
linge à la fontaine, les femmes porter leurs
tas de foin, les hommes traîner leurs pas
lourds sur les chemins, et les vieux se chauf-
fer au soleil, on ne pourrait deviner ni comment ils aiment, ni comment ils meurent,
ni rien de ce qu'ils pensent. Ils échappent à
notre analyse par tout ce qui les sépare de
nous; ils nous restent aussi étrangers que
des êtres d'une autre espèce...

On m'avait cependant parlé d'un habitant
du pays qu'on appelle le *Poète*, et qui, me
disait-on, fait des vers... Je suis allé le voir:
c'est un bon jeune homme aux cheveux en
étoupe, au teint brouillé, l'air timide et très
doux; il a beaucoup couru le monde, — il est
allé même en Amérique —, et il est revenu
dans son village parce qu'il s'ennuyait partout
ailleurs. Avec ses économies, il a construit une

masure et installé un débit de boissons au bord
de la route : là, dans l'attente de rares clients,
il rêve ou joue de l'accordéon... Je l'ai prié
de me montrer ses vers... Je m'attendais à
quelque chose de fruste et de sauvage, je
rêvais de magnifiques gaucheries et de sublimes maladresses, je comptais sur une poésie
ayant l'odeur des bois, qui m'initierait au cœur
mystérieux de ces hommes... Hélas ! au
cours de ses voyages, mon poète avait trouvé
quelques volumes de Lamartine, — il les
avait rapportés : il me les montra, dans l'ar-
moire où il tenait ses litres de liqueurs, —
et sa poésie, à lui, n'en était qu'un lamentable pastiche, en phrases bossues, avec des
embryons de rimes au bout, toutes hérissées
de mots qu'il ne comprenait pas... Je me
souviens d'une pièce où il se représentait
tenant sur ses genoux la tête parfumée de sa
bien-aimée,— et, quand on le regardait, c'était
grotesque indiciblement !... Avec sa douce
figure, son œil intelligent quand même, l'affi-
nement relatif de ses traits, il devait *sentir*,

15

— mais autre chose que cela, des choses qui
se mouvaient confusément dans son esprit,
pour lesquelles il n'aurait trouvé ni mots
ni rimes, qu'il n'avait peut-être jamais cherché à exprimer, et qui resteront à jamais
inexprimées. Oui, il *sentait*, autrement que
moi, plus fort que moi : je l'ai compris en le
revoyant, — car je l'ai revu malgré ma dé-
ception, et je me suis pris d'amitié pour
lui, et il est devenu confiant et m'a beaucoup
parlé de lui... Mais il n'a rien écrit derrière
mon point d'interrogation...

Il faut donc que je me résigne à garder
inapaisée ma curiosité de la vie de ces êtres
qui sont des frères et que j'ignore si profondément. Et il m'est pénible de penser que
j'ai vécu deux mois avec eux et que je ne
saurai jamais s'ils sont heureux ou malheureux, si la religion qu'ils pratiquent est une
habitude ou un besoin, s'ils souffrent de leur
vie qui nous paraît si dure, s'ils éprouvent à
rester dans leurs montagnes quelques-unes
des sensations que nous y venons chercher.

Jouissent-ils de l'espace, de la solitude, de l'air ?... Mystère !.. Ceux qui sont partis reviennent, c'est vrai, mais savent-ils poussés par quel instinct ?... Et ceux qui ne partent pas ?... Et je ne saurai rien non plus de ce qui se passe en eux, quand, ployant sous leurs fardeaux, ils nous rencontrent, — nous qui venons fainéanter par les chemins où ils sèment leurs sueurs et compromettre leurs maigres récoltes dans nos promenades, — et nous suivent d'un regard indéchiffrable, où flottent des énigmes, arrêtés un instant au bord du chemin et tournant lentement leur tête alourdie derrière nos pas. Est-ce qu'ils nous envient? Est-ce qu'ils nous méprisent? Connaissent-ils quelque chose des colères et des haines qui tourmentent l'ouvrier des villes au spectacle de ceux dont la vie est facile? Sont-ils satisfaits de leur sort ou talonnés par l'aiguillon du mieux? Tout cela m'échappe et me préoccupe... Et que pourraient leur dire les apôtres qui voudraient leur bien?...

VI

Au retour.

Notre rêve alpestre est fini. Le froid venait. Là-haut, la neige n'attend pas toujours la fin d'août, et les sommets voisins nous envoyaient leurs souffles glacés. Plus de courses par les sentiers qui s'effondrent. Il fallait grelotter tout le jour dans le salon de l'hôtel si morne, avec son plafond bas que traversent d'énormes poutres, ses canapés crachant leur crin, ses têtes de chamois plantées aux murs. Des jours interminables s'y perdaient dans l'ennui. Les étrangers partaient l'un après l'autre. Nous sommes restés les derniers, puis il fallut partir aussi. Bébette a fait ses adieux aux «petites cèvres» qui, elles, courent les monts jusqu'à ce que la neige ait caché la dernière herbe de l'automne ; nous avons descendu la route en lacets qui tombe sur la gare ; le chemin de fer, — symbole exact et laid de la civilisa-

tion, — nous a repris, et ses sifflets et sa
fumée nous ont ramenés chez nous...

On est désœuvré après deux mois de
loisir. Le travail fait mal à la tête. On
étouffe, dans ces chambres closes. L'immobilité vous est intolérable. La pensée fuit
par delà les horizons des toits et des che-
minées... Je grimpe les collines de Meudon
et je cours les rues, sans but, revoyant
de vieilles choses qui me semblent nouvelles
et que je voudrais ne pas voir...

Je m'étais promis d'entrer dès mon retour
dans la vie active, sans trop savoir comment je tiendrais ma promesse . Le premier
pas nécéssaire me paraissait de voir de
près les hommes : ceux que j'ignore, les
malheureux, les affamés : pour les servir,
il faut connaître leurs besoins. J'ai donc
voulu suivre les réunions publiques. Hier,
pour mes débuts, je n'ai pas eu de chance :

Il s'agissait de « juger » un révolution-
naire bien connu, accusé d'avoir trahi son
parti La salle Favié était comble : une

vaste salle basse, qu'en un instant la fumée et la respiration ont remplie d'une
buée épaisse... Dans ce nuage, où les
figures se ressemblent toutes, s'agitent des
ombres grises aux gestes de fantoches.
Un bruit de vagues couvre la voix des
orateurs, qui retentit pendant les rares
silences et jette des mots énormes à travers la fumée : les « Assises du Peuple »..,
la « Justice que rien n'influence » .., la
« Conscience des masses » ..., la « Sainteté
des mains calleuses »... Étourdi par le bruit
et le mauvais air, ces grands mots sont
tout ce qui me parvient du discours de
l'accusateur. Assis en face de lui, l'accusé
écoute, très calme, un peu pâle seulement,
son énergique figure brune et glabre ne
bronchant pas. De temps en temps, des
poings se tendent vers lui, soulevés par quelque période, ou des invectives éclatent
dans les bancs les plus rapprochés et se
répandent jusqu'au fond de la salle, parmi
ceux qui, n'ayant pas entendu, crient plus

fort. Et cela dure deux heures, deux longues heures, sans que ce fouillis d'hor-
reurs et de déclamations lasse la patience
de l'assemblée, sans qu'une voix crie que
c'est assez... La péroraison des discours
se perd dans le tumulte qu'elle a soulevé,
et l'accusé prend la parole, enfin. Il a la
voix ferme, le geste sûr ; mais à chaque
phrase les huées, les grognements, les sifflets
l'interrompent. Il se sent impuissant, il se
trouble, il se congestionne, et, d'une voix
qui siffle à travers le bruit, il lance ces
mots désespérés : « Vous avez laissé deux
heures à l'accusation et vous n'accorderez pas
dix minutes à la défense !.. » Cette énergique
apostrophe provoque un mouvement ines-
péré : on l'applaudit, on crie qu'on veut
l'écouter, — mais c'est pour le huer de
nouveau sitôt qu'il revient au débat... Ah !
la cause est entendue, allez !... C'est en vain
qu'il force sa voix, qu'il gonfle ses veines comme un porteur soulevant un poids trop lourd,
qu'il argumente et prouve qu'il a raison. La

voix qui clame le mal, paraît-il, se fait toujours le mieux entendre, la justice du Peuple aime mieux condamner qu'absoudre, et
quand la calomnie a réussi à traîner un
homme devant un tel tribunal, c'est en
vain qu'il prouverait dix fois son innocence :
les juges sont prêts à devenir bourreaux..
Le malheureux le comprend enfin : il a renoncé à cette lutte inégale, il s'est assis
avec un geste de découragement, en renfon-
çant au fond de lui le flot de choses qui
voudraient sortir, — et je suis assez près
pour voir deux grosses larmes d'impuissance, de désespoir, de révolte, couler le long
de ses joues... Cependant, l'heure du supplice n'a pas encore sonné : il faut que d'autres se lèvent encore, pérorent pour et contre, — contre surtout, — sans qu'on entende
un mot de ce qu'ils disent, s'agitent dans le
vide et soulèvent un peu plus la mer hou-
leuse qu'ils ont devant eux... J'étouffe d'indignation, je voudrais prendre la parole
aussi, moi, protester contre cette comédie,

dire à ces gens qu'on les trompe, que celui
qu'ils agonisent de leurs clameurs vaut
mieux que les autres, qu'on ne déshonore
pas un homme à l'étourdie, qu'ils n'ont
pas entendu sa défense, — tout ce que j'ai
sur le cœur, enfin, tout ce que m'inspirerait
le sens de l'équité. Mais qui suis-je ? un
bourgeois, un ennemi : jai vu des regards
haineux se croiser sur moi, et un ouvrier
qui m'avait frôlé en passant s'est essuyé
le coude... Et voici que la sonnette du
président s'agite, voici qu'il réclame le
silence qui doit rendre l'arrêt plus solennel. Cette fois, on se tait. Et toutes les mains
se lèvent pour la culpabilité, avec une féroce
reprise du tumulte et des hurlements quand
quelques braves mains se dressent à la contre-
épreuve. Et la séance est levée enfin, parmi
des cris : « A la lanterne ! »... Je sors écœuré
et triste : triste de la tristesse que soulève
le triomphe de l'iniquité, et de savoir qu'on
ne peut rien contre elle, triste de la question désespérée qui se formule en moi : Que

bien pourra jamais sortir de tant de haines?...

... En rentrant à pied, par la file des
boulevards où les réverbères rougeoient dans
le brouillard, je compare en pensée ces
faces hâves, blafardes, bilieuses, ravagées par
la souffrance, noircies par la cruauté, que je
viens de voir serrées et tendues dans le cauchemar de cette salle, aux bons montagnards
dont les regards énigmatiques me suivaient
le long des sentiers... Je les plaignais pour
leur travail, pour leurs misérables chalets,
pour leurs mauvais quartiers de chèvre fumée, pour le peu qu'ils arrachent au sol,
— et comme ils me semblent heureux à présent !... Leur vie est libre, la bienfaisante
fatigue développe sainement leurs muscles,
l'air pur des glaciers fouette leur poitrine,
et ces petits champs perchés sur les rochers
sont à eux, à eux les mottes de terre où ils
font pousser l'orge, à eux les chèvres qui
courent sur les monts, à eux les pauvres
chalets troués d'étroites fenêtres et les poêles
de pierre qui les chauffent l'hiver... Tandis

que les autres, ces malheureux dont je viens
d'entendre gronder les haines remuées,
comment ne seraient-ils pas ce qu'ils sont?...
Le travail forcené dans les ateliers sombres,
dans un air vicié de miasmes, sans loisir,
sans repos ; le retour dans la chambre étroite
où grouille la famille sans joie ; l'angoisse du lendemain par les chômages, par
les grèves, par les maladies ; et rien à attendre de l'avenir ; nulle augmentation de
salaire quand la famille augmente ; pas de
petit champ à laisser derrière eux, pas
d'humble toit dont ils puissent dire : c'est à
moi, — rien que la faim pour la vieillesse,
si la mort ne leur fait pas la grâce de les
faucher avant, — et sous les yeux le bien-
être insolent des bourgeois qui s'épanouit...
Ah ! je te comprends, va, frère inconnu qui
as essuyé le coude de ta blouse pour avoir
frôlé ma jaquette !... Non, leur haine ne
m'étonne pas : je la trouverais légitime si
la haine pouvait jamais l'être. La douleur,
qui excuse tout, l'excuse.

... Seulement, cette haine juste et fondée,
c'est elle qui paralyse la bonne volonté de
ceux qui voudraient les aimer, elle aussi qui
les fait esclaves des ambitieux vils, dupes
des hurleurs dont leur misère fait la fortune,
elle encore qui les aveugle et leur fait voir
rouge aux heures où il faudrait voir clair...
Ah! le vrai service à leur rendre, ce serait
d'aller à eux, dans les moments où les mauvaises paroles ont échauffé leurs cerveaux, et de
leur dire : « Ne rêvez pas la justice, ne rêvez
pas l'Égalité, n'écoutez pas ceux qui vous en
parlent !... Ce sont des mots dangereux, qui
n'auront de sens que quand l'égoïsme et la
haine auront cessé de sévir parmi les hommes :
car la haine défera toujours la justice, et l'é-
goïsme l'égalité... La réforme sociale, qu'on
fait miroiter devant vous, est un mirage ;
c'est en dehors des lois, des codes et des
constitutions qu'il faut chercher le nouveau
règne où vous trouverez le bonheur, et il
n'y a qu'un moyen de l'amener, — l'Amour...
Seul, l'Amour peut triompher de l'égoïsme,

et de la haine, et son triomphe serait du
même coup celui de la Justice et de l'Égalité... » Mais quel courage faudrait-il pour leur
dire ces simples mots, quelle voix pour se
faire entendre, à quoi bon parler d'amour à
ceux qui haïssent ?...

VII

Paris, octobre.

Notre « Bébetté » est déjà presque une petite femme : elle a des membres délicats et
minces, d'adorables menottes, des poignets
fins, et surtout des yeux merveilleux, de
grands yeux liquides, vagues, infinis, des
yeux qui changent, des yeux qui comprennent, des yeux qui rêvent. Ses cheveux
courts lui donnent l'air d'un garçon, — que
démentent bien vite la mutinerie de ses gestes, la grâce de ses allures, l'imprévu de ses
caprices, et sa coquetterie, et les moindres
mouvements de sa petite âme que sa naïveté

laisse voir. Elle sait, par exemple, qu'un
baiser est une faveur : il faut que papa ait
été bien sage pour en obtenir un... Elle a fait
tout le calcul de son pouvoir, et devine la
limite de ses exigences ; et dans son zézayant
langage, elle a des mots profonds, qui bri-
sent la résistance et tranchent les questions...

Cela me la rend deux fois plus chère : les
hommes ne seront-ils pas toujours pris aux
jolis manèges des femmes, amants à ceux de
leurs maîtresses, pères à ceux de leurs
filles ?... Je me sens très faible : un regard
me démonte ; la gronderie finit en caresses;
je ne puis pas punir, et, ce qui est plus grave,
j'éprouve un drôle de plaisir, un plaisir dangereux, à regarder fleurir ses petits défauts,
les délicieux petits défauts par lesquels
plus tard elle règnera... Quand elle tour-
mente le chat, ou manipule sa poupée, ou
casse son polichinelle, ou quand il lui vient
tout à coup une fantaisie qui nous stupéfie,
et qu'elle veut, et qu'elle pleure pour l'avoir,

et que nous sommes désolés de ne pouvoir la réaliser, — je la vois en esprit, plus tard, quand elle sera grande, belle et charmante, jouer son rôle de femme bien complètement femme, d'être illogique et divin, bienfaisant et cruel, si faible qu'on le compte pour rien dans l'agencement des affaires graves, si puissant que la promesse de bonheur qui rêve dans ses yeux conduit le monde... Cependant, mon bon sens de fraîche date repousse ces folles idées, et je lui dis posément : « Grandis, grandis, ma fille !... Sois une enfant modèle : brille à l'école et remporte des prix, qui seront des romans très bien pensés, œuvres d'institutrices émérites; joue à dix ans la *Prière d'une Vierge*, si d'ici-là personne n'a détrôné mademoiselle Thécla Badarzewska ; sache l'allemand à douze ans et l'histoire à quatorze, avec les noms des grandes batailles, la liste des rois de France, et celle des gouvernements qui se seront succédé d'ici-là ; excelle aux ouvrages de main sans oublier pour cela les cours de droit civil

et le catéchisme laïque ; récite à dix-sept
ans des vers dans des salons, pour qu'on
puisse dire que tu es bien élevée ; à vingt,
marie-toi, sois bonne épouse, bonne mère,
bonne grand'mère, et trouve jusqu'à un âge
avancé de fraîches voluptés à torcher avec
amour les enfants de tes enfants !... Car enfin, c'est là le bonheur, ou ce qui en donne
l'illusion ; jusqu'à présent je n'ai rien trouvé
de meilleur, ni de plus sûr, ni de plus désirable que les humbles devoirs et les soins
obscurs de la vie quotidienne, et l'on peut
croire que notre meilleur lot, c'est d'y venir résorber en paix le tumulte de nos désirs et de nos ambitions... » — Tout en lui
disant ces choses, qu'heureusement elle ne
comprend pas, je rêve pour elle je ne sais
quoi de mieux, de moins banal, et de plus
grand que j'avais rêvé pour moi-même
Veuille le ciel que ce rêve ne se réalise ja
mais !...

VIII

Paris, novembre.

La vieille Marianne est morte subitement.
On l'a trouvée le matin toute raide dans son
lit. Depuis quelques jours, elle se plaignait
de bourdonnements dans la tête, de fatigue,
de vertige. On n'y prenait pas garde :
pendant ses quarante années de service, elle
a eu bien d'autres maux sans que personne
s'en soit occupé, elle moins que les autres.
Pourtant, à présent que l'irrémédiable est
arrivé, je me reproche de n'avoir pas prévu
le coup d'apoplexie, que peut-être on aurait pu
empêcher... Mais faut-il me le reprocher ?
et n'a-t-elle pas eu, au bout de sa pauvre vie,
la plus belle des morts ? Ce saut dans le néant,
sans douleurs, sans hoquets, sans agonie,
ce départ sans angoisses, cette fin immédiate
de tout ce qu'on est, comme si le monde s'ef-
fondrait sans qu'on le vît et vous laissa't
soudain dans un infini de silence et d'immo-

bilité, c'est bien la mort que je souhaite à
ceux que j'aime et désire pour moi-même. Je
n'en sais pas de plus clémente, et il semble
que ce dernier acte d'autorité, sans discussion, sans appel, de l'aveugle Puissance qui
nous gouverne, soit le dénouement le plus logique qu'il y ait à cette comédie de la vie dont
nous sommes les marionnettes et où tant de
ficelles inconnues nous conduisent de scène
en scène. Nous ne savons pourquoi On nous
a jetés au monde, dans le forme qui est notre
âme; On ne nous a pas enseigné le sens de
ce que nous y faisons; le même On nous enlève sans crier gare : c'est bien, que cet On
soit loué!...

Nous l'avons enterrée aujourd'hui. Nous
avons suivi sa bière jusqu'au cimetière de
Saint-Ouen, où elle aura sa concession « perpétuelle » et pourra dormir en paix jusqu'au
bout de cette « perpétuité ». Nous étions cinq,
un cousin, crêmier au quartier Montmartre,
qui compte sur l'héritage, la cuisinière, un
pasteur, — Marianne était protestante, — et

nous deux. Il faisait un ciel pluvieux, un de
ces ciels de novembre qui sèment des tristesses. Et la lugubre promenade s'accomplit
lentement, le long de l'interminable avenue
que bordent des saltimbanques et des marchands de vin, parmi des odeurs de fritu-
res. Le pasteur, qui avait déjà parlé chez
nous, a reparlé sur la tombe, d'un ton un peu
plus pleurard, en fermant les yeux et en le-
vant ses mains jointes... Ces gens-là ont le
talent de dire ce qu'il ne faut pas, et si les li-
bre-penseurs vous dégoûtent de la libre-pen-
sée, les croyants rendent impossible la foi...
Nous avons écouté quelques pelletées de terre
résonner creux sur la bière, et nous sommes
rentrés, ayant rempli nos devoirs envers
elle...

Des moments comme celui-là sont mauvais pour descendre en soi-même : on y trouve
des mares d'égoïsme et des vases d'indifférence qu'il est lourd de remuer, et l'on recule
devant l'horreur des viles pensées qui nous
assaillent : Elle aurait pu souffrir longtemps,

la pauvre ;... mieux vaut qu'elle soit partie
ainsi, pour elle... et pour nous ; car nous
aurions dû la soigner, et quel dérangement,
dans une maison, que l'agonie d'une servan-
te !... Et puis, elle n'était plus bonne à grand'
chose, il fallait la garder tout de même, elle
devenait fatigante... Et comme c'est en-
nuyeux, ces vieux domestiques qui se croient
des droits sur vous parce qu'ils vous ont
vu naître, ont leur franc-parler, leurs volontés, leurs caprices, et tyrannisent le ménage !... Avec elle, impossible de garder une
cuisinière plus de trois mois... Je lui dois
bien des ennuis, bien des accès d'humeur...
Et la voilà déjà pleurée !...

Oui, telles sont les idées que cette mort me
suggère... Je voudrais les repousser, je leur
oppose l'attachement de la pauvre vieille,
ses quarante années de dévouement, la confiance que nous avions en elle, mon habitude
de voir depuis l'enfance sa bonne figure au
près de moi, — je m'efforce de m'affliger,
je ne puis... Indigné de ma sécheresse de

cœur, je descends plus profond en moi-même.
Ai-je jamais eu pour elle la moindre affection,
en échange de celle qu'elle me vouait ?... Je
ne crois pas ! Tout petit, à ce qu'on m'a conté,
je m'amusais à la désespérer en lui disant que
je ne l'aimais pas : c'était vrai peut-être ;
et plus tard, quand je ne le lui disais plus, est-
ce que toute ma manière d'être envers elle ne
lui montrait pas le peu de place qu'elle tenait
dans ma vie ?.. Et que trouvé-je pour me
consoler de ce remords ? une excuse qui la
rabaisse : elle était simple, elle aimait bêtement, peu lui importait d'être dupe...
Hélas ! elle le fut de moi, de mon indifférence qu'elle ne soupçonna jamais, elle le
fut d'elle-même, de sa bonté, de sa tendresse,
— comme tous les êtres nés pour se dé-
vouer.

...Ainsi s'en vont, une à une, les figures de
mon enfance : à mesure qu'elles disparaissent
et s'effacent de ma mémoire, je sens avancer
la limite du souvenir, et je me trouve dans
un monde nouveau, qui m'étonne un peu...

IX

Paris, novembre.

Marianne n'avait pas dans la maison de place déterminée : elle surveillait la cuisinière, allait quelquefois au marché, aidait la femme de chambre à ses raccommodages, et surtout, gardait l'enfant. Nous jugions que tout cela n'était pas grand'chose, — et nous nous apercevons qu'il faut pourtant la remplacer...

Dans un bon mouvement, avec l'idée de nous acquitter un peu de la dette que nous n'avons pas payée à la morte, nous avons pris une très jeune fille que des gens de bien nous recommandaient. Elle s'appelle Rose, — et ce nom s'applique drôlement à sa pauvre petite figure pâlotte aux traits tirés, comme prématurément défraîchie. Elle est orpheline depuis l'âge de six ans. Elle a été élevée à la campagne, par une veuve charitable qui la traitait comme sa fille et vient de mourir

sans testament. Elle est encore si enfant
qu'elle a une poupée dans sa malle. Il faut
pourtant qu'elle gagne sa vie... Nous avons
pensé que, chez nous, son service serait très
facile, puisqu'elle n'aura qu'à garder la petite.
En même temps, elle se perfectionnerait dans
les travaux d'aiguille et se préparerait un
avenir ; et, comme elle n'était pas destinée
à servir, comme elle est malheureuse et
nous fait pitié, nous nous sommes promis
d'être très bons pour elle...

... Mais c'est extrêmement difficile, d'être
bons... Voilà huit jours à peine que Rose
est chez nous, et nous sommes déjà agacés
de sa maladresse, de ses défauts qu'il
serait facile d'excuser et qui prennent
à nos yeux des proportions énormes. Elle
n'est propre a rien quand on lui donne
l'enfant, elle la tient comme un cierge : nous
n'oserions pas la lui confier un quart d'heure ;
elle casse tout ce qu'elle touche ; quand on
la gronde, elle prend un air insupportable de
perruche irritée et s'en va en murmurant

des impertinences... Tout cela, nous pouvions
le prévoir, nous l'avions prévu : ce n'est pas
sa faute si elle ne sait rien, puisqu'on ne lui
a rien appris ; et quoi d'étonnant si cette pauvre enfant gâtée, qui n'a jamais connu que
le bien-être et l'indépendance, se révolte parfois contre les exigences d'un service auquel
elle n'était pas préparée ?... C'est justement
parce que nous pensions qu'elle serait telle
que nous l'avons prise, — non pour nous,
mais pour elle. Et il se trouve que déjà notre
patience est à bout : les menus agacements
qu'elle nous cause nous indisposent tellement
que nous finirons à coup sûr par la mettre à
la porte. Décidément, notre bonté ne va pas
jusqu'à supporter un trouble léger de notre
bien-être, et nous aurons beau faire, nous
n'aimerons jamais nos domestiques qu'en
raison des services qu'ils nous rendent...

Je me dis tristement ces choses en regardant Rose errer par l'appartement avec ses
grands yeux effarouchés : et je lui en veux
encore de m'amener à me les dire, — car cette

première expérience d'abnégation et de charité me montre clairement ce que valent mes rêves humanitaires. Non, je n'ai pas l'étoffe d'un philantrope : et le malheur, c'est que, ne l'ayant pas, je ne puis me persuader que je l'ai : je vois et je sais, avec une perspicacité déplorable, que toutes mes bonnes volontés viendront toujours se noyer dans mon indifférence; quand j'ai grondé la pauvre fille, il me semble que je viens de commettre un mal prémédité, — et je la gronde pourtant; et le jour où nous la renverrons, je comprendrai — sans que cela me retienne, — que je viens de fermer ma porte à jamais à ceux qui souffrent...

X

Paris, décembre.

Ce doit être une délicieuse vie, que cette vie d'enfant qui s'efface ensuite si complètement, qu'elle ne laisse aucun souvenir après

elle, et que plus tard on s'efforce en vain
d'en ressusciter les fugitives impressions.
Leur esprit est un clair miroir, où ne se
réfléchissent que de charmantes choses : des
petites fleurs et des petites bêtes, des petits
chiens et des petits oiseaux, qui, vus dans
la rue ou dans les livres d'images, reviennent la nuit dans les rêves, inoffensifs, amicaux, bienveillants. Tout s'adoucit pour eux :
on ne les gronde pas encore, ils sont trop
petits pour qu'on songe à leur éducation, on
les gâte avec délices, et le moindre objet
qui remue apaise leurs grands désespoirs.

Ah ! qu'il est vrai le refrain de la vieille
romance :

Petits enfants, restez toujours petits !

Mais non. Ils grandiront, les hommes
cesseront de leur sourire, les choses se feront cruelles, et ces fraîches impressions à
jamais passées céderont la place aux soucis
haineux qui nous poursuivent...

LIVRE QUATRIÈME

RELIGION

———

I

Paris, février.

Eh bien! oui, je me suis trompé, quand j'ai cru que c'était assez d'ouvrir les yeux sur les maux des autres pour savoir aimer, et que cet amour, à peine installé dans le cœur, créait l'homme nouveau,—d'action, d'énergie et de cœur, — dans l'homme ancien, — d'indifférence et d'égoïsme. Je me suis fait illusion sur moi-même : mes rêves d'humanitarisme, d'apostolat, de charité se sont déchirés en chemin et des lambeaux en pendent à tous les coins de route... Il m'a suffi de voir quelques assemblées publiques pour comprendre qu'il y a peu à espérer des fou-

les, que seul l'individu peut être grand, et
que cette diminution des forces qui se mas-
sent condamne tout notre effort collectif. Il
m'a suffi de peu d'observation pour voir
quelles impossibilités se dressent devant les
pas de celui qui poursuit le bien de son espèce, et comment sa bonne volonté vient
fatalement se briser contre le scepticisme
des autres et contre le sien propre. Il m'a
suffi d'avoir à sacrifier un rien de mes aises
pour comprendre que j'étais plus impuissant
encore au dévouement qu'à l'action : nous
avons renvoyé Rose ; la pauvre fille est partie
en pleurant ; et comme son sort immédiat
est assuré, j'ai chassé loin de moi l'impor-
tune question : « que deviendra-t-elle ? »
— Si je pousse plus loin cet examen de
conscience, à mesure que j'apprends à mieux
me connaître, je me trouve plus loin de l'i-
déal qu'un instant j'ai cru poursuivre. Je
cherche, par exemple, jusqu'où peut s'étendre ma puissance de compassion (souffrir
avec ceux qui souffrent) : eh bien ! le cri

d'un chien dont une roue écrase la patte me
fait aussi mal que celui du maçon tombant
d'un échafaudage, et je ne suis pas plus ému
par la lecture d'un fait divers racontant une
catastrophe que par le récit détaillé de la
mort de quelque animal : la description de
l'agonie du singe, dans *Mariette Salomon*,
me touche autant, peut être plus, que celle
de la *Dame aux Camélias*. Pour qu'un
malheur étranger m'atteigne et me cause un
frisson, il faut que je puisse croire qu'il aurait
pu me frapper moi-même : ainsi d'un accident de chemin de fer ou de l'incendie d'un
théâtre; le « si j'avais été là » me secoue
l'esprit à chaque détail atroce, mon imagination me met à la place des victimes, et si je
m'apitoie sur les membres cassés, les têtes
fendues, les corps carbonisés devant des
portes barrées par des cadavres, c'est que je
sens dans ma chair, dans mes os et dans ma
tête leurs angoisses, leurs meurtrissures,
leur asphyxie. Mais quand je plains des êtres
dont les maux sont permanents et ne sau-

raient être miens, les mineurs dans leur
fosse, les ouvriers qui chôment, les pauvres
dont les enfants ont faim, c'est sans partici-
per *de fait* à ce qu'ils souffrent, c'est à l'aide
d'un effort de compréhension, par un acte de
volonté : pour échauffer mon cœur, il faut le
raisonner ; les AUTRES me restent étrangers,
un frisson de pitié désintéressée et profonde
ne me secoue point au spectacle de leurs
maux, et je ne saurais pour les soulager faire
abnégation de moi-même...

Oui, il faut le reconnaître, les romans
russes m'ont trompé, et m'ont fait faire quelques pas dans une voie qui n'est pas la
mienne. Voici, j'imagine, comment le tour
s'est joué dans les chambres obscures de l'inconscience où s'élaborent ou se déforment
nos idées : en constatant la puissance du
sentiment qui inspire les Tolstoï et les Dos-
toïewsky, je me suis dit qu'il serait beau de
l'éprouver comme eux , et je l'ai cherché, et
je me suis soumis aux spéciales excitations
d'esprit qui auraient pu le faire naître : il

n'est pas venu; j'ai voulu faire comme s'il était là : en vain ; n'est pas qui veut dupe de soi... Hélas ! la « Religion de la souffrance humaine » n'est pas plus à notre portée qu'une autre religion, et les mêmes motifs nous l'interdisent : nous pouvons nous l'imposer par le raisonnement et la mettre en pratique, — comme des gens comme il faut qui fréquentent l'église sans croire et « pour l'exemple », — nous ne pouvons la connaître dans ce qu'elle a de vivifiant et de sain. Pareils à ces froids théologiens qui, dans le christianisme, ne savent voir que le dogme, nous ne trouvons en nous-mêmes que la théorie de la pitié. Ouvrez un de ces romans qu'ont inspirés les Russes, — et vous toucherez du doigt la différence. Le fleuve débordant, aux flots généreux, qui roule des eaux sanglotantes et troublées, — nos écrivains l'ont filtré et canalisé pour la consommation courante. Leur pitié est de fabrique, — de bonne marque quelquefois — mais indifférente au fond, d'une navrante indifférence, et

tristement stérile, ergotant sur les malheurs
des hommes qu'elle tient à distance avec pru-
dence et dédain. C'est la pitié du Pharisien
qui passe en fermant les yeux devant le voya-
geur blessé. C'est la pitié du curieux et
du dilettante, qui veut la connaître pour
la connaître ou parce qu'il la trouve belle,
et qui en jongle comme d'un autre hochet,
— art, amour, vice ou vertu...

Ah ! trois fois malheur à celui qu'a touché le funeste Dilettantisme !... Sans ré-
flexion, sans calcul, poussé par sa nature et
par l'esprit des temps, il s'est livré à ses sé-
ductions dont il n'a pas vu le danger : c'est
si facile, si doux, si distingué de jouer avec
les idées, de s'en caresser l'intelligence, d'en
extraire l'essence et, comme un riche répand sur ses mouchoirs un parfum dont le
prix nourrirait des familles, d'en saupoudrer
élégamment sa vie !... L'aspect des choses
en est divinement changé : elles s'embel-
lissent, elles prennent un sens dont vous
seul comprenez le signe, et les voix que

vous leur avez prêtées chantent en chœur le
cantique de votre supériorité, ce cantique
que termine le refrain satisfait : « Sois béni,
Seigneur, de ce que je ne suis pas comme
ce Péager... » Car c'est toujours le Pharisien qui se complaît dans sa magnificence.
Aux autres, aux Péagers, l'humiliante bêtise d'accepter les mots pour ce qu'ils ont
l'air de dire, les choses pour ce qu'elles ont
l'air d'être ; à nous, les Pharisiens, l'orgueil-
leux plaisir de dépouiller mots et choses de
leur absolu, d'en saisir les mystérieuses
contingences et d'en faire miroiter les multi-
ples facettes. Au Péager, l'éternelle duperie
de regarder l'inconnu comme à travers une
vitre plate et décolorée ; aux Pharisiens, la
joie de la voir jouer comme un soleil sur un
diamant taillé dont les feux enivrent. Aux
Péagers, de prier humblement dans les recoins du temple ; aux Pharisiens, de traiter de
pair à pair avec Dieu, dont ils ont la con-
descendance de tolérer le règne à côté du
leur, pour pouvoir le prendre à témoin de ce

17

qu'ils sont : « Sois béni, Seigneur, de ce que je ne suis pas comme ce Péager... » — Cependant, ces plaisirs s'émoussent comme toutes les ivresses : le Pharisien se fatigue à la fin des arcs-en-ciel qu'allument sur toutes choses les prismes de son esprit : il voudrait, lui aussi, regarder la campagne à travers la vitre claire, et la voir verte et simple, doux repos pour les yeux ; mais la vitre devient diamant à son tour, et le poursuit de ses éblouissements. A force de retourner le sens des mots, à force d'interroger le sens des choses, il a vu se dessiner trop de contradictions qu'il voudrait éclaircir : et ces contradictions le harcèlent et l'obsèdent, et il tâtonne dans l'intense obscurité qu'il a faite ne allumant trop de lumières. Un chagrin le frappe, la vieillesse vient, il se sent homme, et voici s'éveiller en lui un immense besoin d'aller aussi prier obscurément dans les recoins des églises, et d'y déposer sa souffrance, et de savoir qu'il est écouté, et de croire aux consolants horizon de l'Au-de-

là : mais c'est Dieu maintenant qui le traite
ironiquement en égal, qui discute et raisonne
et lui renvoie les questions qu'il lui posait,
et le promène en le raillant par la chaîne des
cercles vicieux qu'il avait forgée. Alors son
orgueil s'écroule enfin, il sent peser sur lui
comme un poids matériel le vide dont il
s'est entouré et qui l'absorbe ; il se révolte
contre la tyrannie de son intelligence dont
il a fait une inexpugnable forteresse, et se
frappant la poitrine, il s'écrie : « Ah ! Seigneur ! Seigneur ! rends-moi comme ce Péager !... » En vain : nulle force ne peut faire
qu'il soit autre que ce qu'il est, Dieu lui refuse le miracle de le transformer, et pour
s'être complu en lui-même, il est éternellement isolé en lui seul... Cependant le Péager,
paisible, accomplit sans dégoût ses misérables tâches et attend sans désespoir que
la mort vienne. A peine si parfois, dans
ses mauvaises heures, il envie un instant
le sort du Pharisien, qui possède, croit-il,
le plus grand bien que Dieu ait départi aux

hommes : le savoir et la sagesse . . . . . .

. . . .

.... Et comme je suis imprudemment
entré dans la secte des Pharisiens, je ne **vois**
plus pour moi qu'un moyen de salut : rétré-
cir l'horizon que j'avais rêvé d'élargir, et
m'enfermer à jamais dans le cercle étroit et
charmant des affections de famille. Là au
moins je puis être heureux; là, je puis m'oublier moi-même, puisque ces autres, c'est
encore moi ; là, je puis aimer. C'est un petit
domaine fortuné qui brave le dilettantisme :
de trop clairs sourires en protègent doucement
les limites. Pourquoi ne pas me contenter
de cette fraîche source de joies qui ne refuse
pas ses eaux à mes lèvres ? Le simple ac-
complissement des devoirs journaliers, les
doux sentiments qui fleurissent sans trouble
dans la tiédeur du foyer, le tranquille bien-
être qui vous enveloppe parmi les meubles
familiers et les tentures dont chaque pli
vous est connu, le bonheur de regarder
grandir un être qui vous renvoie votre image

éternisée et celui de savoir qu'un cœur
vous est fidèle, — n'est-ce donc pas assez?..
Égoïsme peut-être, égoïsme soit!.. Sachons
au moins profiter des dialectiques acquises
à si haut prix, dépouillons ce mot du vilain
sens que le vulgaire lui prête et rendons-lui
sa dignité!.. L'égoïsme n'est pas le culte
bas de soi-même, la vile adoration de ses
faiblesses, la béate indifférence aux maux
d'autrui, la plate satisfaction de ce qu'on a :
il est le droit sacré de l'individu plus fort
que la masse, la condition de son épanouis-
sement, sa raison d'être, sa force et sa
gloire. Et ce n'est pas tout : sachons reconnaître aussi le néant de grands mots qu'une
futile morale dresse au-dessus de lui : Humanité, Justice, Bien, Vrai, Beau, éternelles
illusions, insaisissables chimères bonnes
pour les pauvres d'esprit !... Que le Pharisien soit conséquent avec lui-même ! Qu'il
laisse au Péager le souci de ces entités vides,
de ces absolus que sa sagesse a détrônés, et
puisqu'il a détruit leur sens, qu'il renonce

donc à les poursuivre !... Il a son asile de
paix, que lui faut-il de plus ? Qu'il se contente des sourires dont rien ne ternit la grâce,
des yeux qui l'aiment, des bégaiements
amicaux de la voix enfantine qui résonne
comme une musique d'ange, de la petite
tête que sa main peut caresser, — de toutes
ces joies enfin que multiplie chaque heure
du jour ! C'est beaucoup, c'est assez...

... Oui, ce serait assez, s'il n'y avait pas
la mort !...

II

Paris, mars.

Si l'on voulait classer les hommes d'après
leur qualité intellectuelle combinée à leur
valeur morale, voici, je crois, les divisions
qu'on trouverait :

Il y a d'abord la grande masse des esprits
vulgaires et satisfaits. — Quand un enfant
voit pour la première fois des montagnes,

elles lui semblent la limite du monde : il ne
soupçonne pas qu'elles ont un autre versant,
plus abrupt ou plus doux, et que derrière
s'ouvre l'immensité des paysages inconnus.
Ainsi se comportent les êtres peu réfléchis
et inaptes à l'analyse en présence des problèmes de la conscience et de la vie : ils n'en
voient qu'un seul côté ; ils se figurent que ce
côté seul existe : — et c'est toujours le plus
facile, le plus accessible, celui qui donne sans
effort l'illusion que rien ne s'étend derrière.
Un instinct merveilleux guide leur marche
aveugle le long des pentes les plus douces,
où ils cheminent en se croyant au sommet.
Et ils ont le mépris ou la haine de ceux qui,
pour chercher d'autres routes, pour vouloir
traverser cette ligne mystérieuse qui barre
l'horizon, roulent dans des abîmes ou dans
des fondrières... Ces braves gens, — ceux
du moins qui font autre chose que de regarder à leurs pieds, — ont inventé des catégories tranchées et antonomiques, dans lesquelles ils jettent tout ce qui passe au large

crible de leur mince intelligence, comme on
fourre en des sacs de couleurs différentes des
graines de différentes sortes. Ce sont le Bien
et le Mal, le Beau et le Laid, le Vrai et le
Faux, le Juste et l'Injuste, ce qui est convenable et ce qui ne l'est pas, etc., et jamais
l'idée ne les effleure qu'entre ces absolus la
démarcation n'est pas franche.

Viennent ensuite, — sans passer par les
degrés intermédiaires, — les esprits distin-
gués et mécontents. Ils ont, ceux-ci, traversé
la montagne ; ils en ont exploré tous les
sentiers ; ils en connaissent tous les périls, et
l'expérience qu'ils ont acquise en déchirant
leurs pieds et en brisant leurs membres ne
leur sert à rien pour le reste de la route. Ce
sont les pessimistes, les sceptiques, les cyni-
ques, les révoltés : pour trop connaître, ils
sont moins avancés que s'ils ne connaissaient rien. Parmi les faces opposées des problèmes, ils ne peuvent trouver celle sur laquelle ils établiraient leur équilibre. La
ligne si nette que les autres voient si bien

n'existe pas pour eux; les oppositions les mieux tranchées se confondent dans leur esprit qui neutralise et rapproche les extrêmes; la lime de leur intelligence détruit lentement tout ce qu'elle touche; et, pour le royaume de l'Incertitude, qui est leur, ils conquièrent l'une après l'autre toutes les provinces où ils pénètrent. Tristes conquérants, que diminue chaque victoire! Tristes vainqueurs, qui voudraient bien jeter leurs armes! Mais ils ne sont pas leurs maîtres: contempteurs de toute autorité, ils ne peuvent échapper à la force inconnue qui les pousse, et ils vont toujours, exténués, saignants, meurtris, et se disant qu'ils n'arriveront jamais...

Enfin, viennent les esprits supérieurs et tranquilles. — Eux non plus, n'ont pas laissé barrer leur vue par les monts dressés sur leur chemin; eux aussi, ont dépassé les pentes vertes, erré par des espaces vierges; eux aussi, sont tombés à plus d'une reprise sur le sentier pierreux; du haut de tous les sommets,

ils ont contemplé tous les paysages, et ils savent ce qu'il y a par delà les plaines, les fleuves
et les villes, plus loin que leurs yeux ne voient,
aussi loin que vole leur pensée. Mais ce n'est
pas en vain qu'ils ont gravi les cimes ; leur poitrine s'est élargie, leurs muscles sont fortifiés,
et d'un pas sûr et léger maintenant, ils iront
jusqu'au bout du voyage. Où donc ont-ils
trouvé les signes probants que n'ont pas vus
les autres ? Quel mystérieux travail intérieur
a transformé pour eux les visions angoissantes
en calmes certitudes ? De quels éléments
invisibles se compose leur Foi ?

Car c'est la Foi qu'ils ont aperçue du haut
du plus haut sommet : foi qui affirme ou
foi qui nie, foi qui les fait des apôtres du
ciel, ou du néant, ou du progrès, qu'importe?
C'est la Foi! Elle a vaincu leur analyse, elle
a triomphé de leur critique, — et c'est cette
défaite qui fait leur suprême victoire...

III

Paris, avril.

Je l'avais connu sceptique et subtil: d'un scepticisme qui n'avait rien épargné, d'une subtilité dont l'adresse faisait penser à ces merveilleux sophistes anciens si habiles à jongler avec les idées. Nos fréquentes causeries abordaient tous les sujets : nous nous plaisions à les dépouiller de leurs fausses apparences, nous en dégagions étourdiment l'impénétrable essence, et nous ne nous quittions jamais qu'un peu plus éloignés de toute certitude. Puis, nous avons passé deux ans sans nous voir, et je l'ai trouvé transformé, — tellement transformé qu'il me paraissait un autre homme et que je me demande encore si j'ai bien compris les choses nouvelles qu'il m'a dites, — ou si lui les a bien pensées... Il s'agissait d'un livre nouveau : nous étions d'accord, autrefois, à aimer cette littérature du moment, nerveuse, glissante,

spécieuse et frivole, si fragile qu'on sent
déjà chanceler sa durée, mais dont les miè-
vres constructions, les phrases fluides, les
néologismes audacieux expriment si bien nos
transitoires pensées.

— Savez-vous? me dit-il, après un jugement dont la sévérité m'étonnait déjà, je
voudrais pouvoir anéantir tous les livres
qu'on a imprimés en France depuis le commencement du siècle, et qu'il n'en restât pas
un volume !..

Je doutais de son sérieux, le sachant cou-
tumier de telles ironies. Mais son visage
était grave, et il reprit:

— Oui, la littérature est devenue un ferment de dissolution; elle nous énerve et nous
ruine... Ce sont les romantiques d'abord qui,
en débridant la pensée et en lâchant la forme,
ont préparé les triomphes de l'esprit révo-
lutionnaire... Aujourd'hui, les naturalistes
démoralisent les masses par les ignobles tableaux qu'ils peignent sous prétexte de vérité, et les autres, — ceux qui s'intitulent

psychologues, — avec le faux spiritualisme
qu'ils affectent et le grossier sensualisme
qu'ils voilent d'élégances, distillent un poi-
son pire encore, si possible...

Il s'arrêta, attendant ma réponse.

— Moi, lui dis-je, je ne discuterai pas des
questions ainsi posées... Je pourrais vous
répéter ce que nous avons dit mille fois ensemble ; mais à quoi bon !... Nous ne sommes
plus sur le même terrain... Vous venez de
mélanger des questions d'ordre différent, que
nous séparions autrefois avec soin... Ce que
vous venez de dire n'est plus d'un penseur,
mais d'un théologien : un jugement comme le
vôtre n'est soutenable que la Bible à la main,
— et des convictions religieuses peuvent
seules l'excuser...

Il n'eut aucune hésitation.

— Vous avez bien vu ! me dit-il... Dans
l'état d'esprit où j'étais quand vous m'avez
connu, je pouvais goûter, soit ces livres
violents qui font avec aigreur le procès de
notre société, soit ces jeux de dilettantes

où les idées voltigent comme des volants, et
sans plus de consistance. Mais, — il accentua
ses paroles, — j'ai changé... Et aujourd'hui,
il me serait aussi impossible de les apprécier
qu'il me l'eût été hier de les dénigrer... Oui,
mon cher, j'en ai fini avec les négations
stériles, je ne suis plus le sceptique que vous
avez connu...

— Vous êtes fort heureux, et je vous envie... Pour moi, je n'ai pas fait le même chemin ; mais, si je n'ai pas comme vous trouvé
mon équilibre, j'en suis arrivé à croire comme
vous que notre état d'esprit d'hier, — qui est
encore le mien, — est pénible et, s'il n'est
pas la vérité, coupable... Seulement, je ne
vois pas comment en sortir... Pas plus que
moi, vous n'étiez arrivé légèrement à l'in-
croyance : c'était après un long travail que
votre raison vous avait dégagé des liens de la
foi. Ce travail qu'elle avait accompli avec
effort et douleur, comment a-t-elle pu le détruire? Par quels arguments victorieux et plus
forts, et qui jusqu'alors lui avaient échappé?...

Il m'interrompit.

— Je n'ai pas *raisonné*, j'ai *réfléchi*...
J'ai réfléchi, et j'ai vu la société ruinée par
l'irrespect, plus douloureusement tyrannisée
par « l'Esprit qui nie » qu'elle ne l'a jamais
été par les plus intolérants sectaires... Je suis
descendu de la société aux individus, et j'ai
retrouvé les mêmes causes exerçant les mêmes
ravages... J'ai songé à toutes ces pauvres
âmes qui flottent sans équilibre ni repos, au
gré des passions, des convoitises et des per-
nicieuses idées, âmes perdues pour s'être
abandonnées au tourbillon qui ne les lâche
plus, âmes angoissées dont j'ai entendu le cri
d'angoisse... Je me suis examiné moi-même,
et me suis vu emporté comme elles... Alors,
j'ai compris que la foi était nécessaire, qu'il
la fallait; et je l'ai trouvée....

— C'est très bien, c'est très beau... Mais il
y a dans cette chaîne un anneau qui manque :
IL FALLAIT la foi et VOUS L'AVEZ TROUVÉE C'est
de là à là qu'est l'abîme : vous ne m'expli-
quez pas comment vous l'avez franchi...

Ma question subsiste tout entière, et pour
y répondre, ce n'est point assez de la différence un peu subtile que vous avez établie
entre *raisonner* et *réfléchir*...

— Vous voici dans l'erreur où je suis moi-
même resté si longtemps : vous ramenez l'Infini au fini, vous voulez discuter avec des
arguments *naturels* les thèmes *surnatu-
rels*... prouver Dieu, n'est-ce pas ?.. Non,
non, croyez-le, la clef de l'énigme se trouve
dans la distinction que je vous ai indiquée, et
que vous comprendrez mieux si je vous dis
que la foi ne dépend d'aucun raisonnement,
qu'elle n'est qu'UN ACTE DE VOLONTÉ...

— Mais votre découverte n'est qu'une va-
riation sur le « Credo quia absurdum ».

— Non pas *quia*...

— *Quamvis*, alors : c'est presque la même
chose !...

— Si vous voulez ; et qu'importe ?...
Q'importe que ce qu'on croit ait l'air
absurde, quand on le croit ?...

— Il y a toujours un point qui reste dou-

teux. J'admets que, par un acte de volonté
accompli en suite de vos réflexions, et
accompli de dessein prémédité, vous arri-
viez, — en vue de donner plus de solidité à
votre caractère et de travailler plus efficace-
ment au bien des hommes,— aux apparences
de la Foi. Mais la Foi elle-même, l'aurez-vous
pour cela, ou sera-t-elle autre chose qu'une
fiction, qu'un artifice ?... Je n'imagine
pas qu'elle puisse ainsi venir quand on
l'appelle, comme un caniche bien dressé,
et j'imagine que chaque fois que vous pen-
sez à vos nouvelles croyances ou vous
livrez à vos nouvelles pratiques, vous devez
retrouver à leur base le ver rongeur qu'il
y a, l'incertitude tournée, et non résolue, la
négation escamotée par un tour de passe-
passe de la Volonté qui met la Raison dans
son mouchoir... Vous faites comme si vous
croyiez, soit : vous ne croyez pas...

— Vous oubliez, mon cher, ce mot
profond de la Bible : « Aide-toi, le ciel
t'aidera... » Quand l'homme a fait tout

18

l'effort qu'il peut faire, Dieu ne lui en demande pas plus, et fait le reste... Évidemment, pendant la période plus ou moins longue, plus ou moins difficile où je me préparai à l'acte dont je vous parle, — je ne croyais pas. Mais ensuite, quand il a été bien établi dans ma conscience que je Voulais croire, — j'ai cru... Que le *comment* vous échappe, cela ne m'étonne pas : il m'échappe à moi-même... Il y a bien d'autres *comment* et bien d'autres *pourquoi* qui demeurent inexpliqués... Si c'est un miracle, je ne sais comment il s'est accompli : je sais seulement qu'à présent ma foi est réelle et vive, qu'elle n'a rien d'une fiction, comme vous en êtes persuadé ; je sais surtout qu'elle n'est pas une forme nouvelle de notre dilettantisme ancien...

Il y eut un moment de silence : chacun de nous sentait que, quoi qu'il pût dire, l'autre garderait ses positions. Puis, je lui demandai encore.

— ... Alors, vous vous êtes fait catholique?

— Non, je suis redevenu protestant.

— Eh bien ! je vous comprends moins encore !... Il me semble qu'une fois accompli l'acte de volonté qui donne la foi, — si je parvenais à l'accomplir, — je pourrais me jeter dans l'Église, pour m'y perdre, pour m'y annihiler dans le complet sacrifice de ma raison. Elle le demande, et c'est sa suprême logique... Mais cette religion ratiocinante, toute de compromis entre le dogme et le sens commun, dont la dialectique et l'exégèse sont d'une si lamentable pauvreté, dont le culte glacial n'est qu'un interminable discours, — enfilade de métaphores boiteuses, — d'un tissu si faible qu'un enfant le briserait, débité d'une voix dolente, avec des gestes faux et des intonations pleurardes, — cette religion, qui ergote au lieu d'aimer, et se morcelle en sectes haineuses autour des textes de l'Apocalypse, — moi, je ne l'admettrai jamais !... Et je ne puis comprendre comment vous, qui êtes un homme d'esprit et de goût, qui avez le respect des hautes

pensées comme celui des belles phrases,
pouvez vous soumettre chaque dimanche à
l'épreuve de vos pasteurs...

Il sourit.

— Je m'y soumets pourtant, et sans effort,
et sans peine... Toujours le mélange du
fini dans l'Infini !... Pourquoi voulez-vous
que j'aie plus de respect pour ma réthori-
que ancienne que pour la logique qui l'accompagnait ?... Sans doute, j'aimerais
mieux que les métaphores fussent moins boiteuses et les gestes plus justes ; mais croyez-
vous que les belles phrases se rapprochent
sensiblement davantage de l'Absolu ? Et en
quoi la faiblesse des serviteurs pourrait-elle
nuire à la gloire du Maître ? . . . .

. . . .

... Chaque phrase avait accentué notre
désaccord. Cependant, comme il est resté l'esprit souple et le fin lettré qu'il était, nous
avons causé longuement encore, comme
autrefois, au coin du dernier feu de l'hiver.
Et qui sait ! Peut-être suis-je moins éloigné
de lui qu'il ne semble !...

IV

Paris, mal.

Ce soir, le passé ressuscite, évoqué par des airs d'autrefois entendus par hasard, et voici de nouveau s'estomper dans le lointain la figure aimée il y a si longtemps. Elle est très pâle, elle est très brune, d'une pâleur de nuit, d'un teint d'Orient, et les lignes indécises qui la dessinent semblent se détacher à peine sur un fonds de nuances à demi effacées : telles, ces figures des fresques anciennes dont les savantes retouches du temps ont assombri les nuances, et qu'on devine plutôt qu'on ne les voit aux murailles des vieux cloîtres florentins. Oh! comme elle est loin! comme elle est vague! Dix ans à peine ont passé depuis qu'elle dort sous ces touffes de roses blanches, — et dans quel cœur son image vit-elle encore, si déjà elle n'est plus qu'une ombre dans le mien?

Elle se rapproche pourtant. Je la recon-

nais mieux maintemant. Elle porte cette
robe lilas, garnie de dentelles blanches, dans
laquelle je l'ai vue un inoubliable soir de
fête. Elle a dans ses noirs cheveux son dia-
dème en fleurs de lys. Ses yeux si profondément noirs brillent de l'éclat qu'ils avaient
quand je la voyais dans l'ombre. Je crois
qu'elle sourit, de ce mystérieux sourire qui
posait tant d'énigmes irrésolues, de ce sourire fluide qui s'esquissait et mourait à la
fois, plus plaintif qu'une larme essuyée, ter-
restre et divin comme l'amour même.

Et voici que ses lèvres remuent, — ses
douces lèvres depuis dix ans muettes, ses
lèvres que j'ai vues frigides et blanches, —
et voici que j'entends de nouveau le timbre
profond de sa voix. Elle parle, et, l'une après
l'autre, ses lentes paroles me tombent sur
le cœur :

« Vous ne m'avez pas oubliée,... même
quand mon souvenir est le plus loin de vous;
il y a quelque chose de moi qui a passé dans
votre être et ne vous quitte pas; et si ma

forme s'efface de votre mémoire, je sais pourtant que je suis toujours là...

Et mon cœur lui répond :

« Comment vous oublierais-je, vous dont
le sourire a gardé pour moi tout son mystère ;
vous qui, de votre main que je n'ai jamais
baisée, m'avez guidé par l'amour et le rêve,
vous qui, seule, avez jamais lu, sans que je
vous les confie, les secrets de mon cœur ?... »

Combien souvent, autrefois, échangions-
nous de tels propos !.. Quand je lui parlais
de mon cœur et de ce qui se passait dans
mon cœur, elle se faisait doucement cruelle,
et sa voix qui raillait un peu m'expliquait
mes propres mystères. Et il me semble que
nous causons en confidence, comme jadis
aux heures du crépuscule, quand, dans le
jour qui tombe, on parle plus bas pour dire
plus de choses. Ses yeux ont la même lumière ; sa voix, les mêmes vibrations.
Comme autrefois encore elle se refuse à parler d'elle ; mais elle sait la question qui m'a
tant tourmenté, Après, quand elle fut partie

sans y avoir jamais répondu ; et elle me dit :

« Oui, je vous ai aimé... Non peut-être comme vous auriez désiré être aimé, ni comme j'aurais voulu moi-même vous aimer; mais autrement et mieux, par une inconsciente sympathie qui rapprochait sans cesse mon âme de la vôtre. Vous vous en souvenez: nous voulions savoir, avant de nous aimer, ce que c'est que l'amour, — et nous l'avions en nous. Seulement, le peu que nous savions des hommes, du sentiment et de la vie, nous trompait l'un et l'autre : étonnés de n'éprouver aucune des violences décrites par les poètes, troublés par le calme de nos deux cœurs qui ne battaient jamais plus vite, nous méconnaissions le sens de ce qui s'y passait et les proclamions morts. Ils vivaient, ils vivaient, mon ami ! Ils vivaient d'une vie intense et sublime, de la douce vie des vrais sentiments qui nous survit et nous éternise...

« Car, sachez-le, c'est cette vie intérieure, dont nous ne savons pas toujours observer les

symptômes, qui seule pour nous est réelle;
c'est elle qui est l'Infini, — l'Infini où je suis
entrée, sur lequel vous brûlez de m'interroger, et dont il me plait de vous entretenir
en cette suprême causerie... L'Infini vous
angoisse et vous enveloppe : il est le mystère où se sont morfondus les hommes depuis
qu'ils pensent ou rêvent, que poètes, croyants,
prophètes, visionnaires se sont efforcés d'entrevoir, et que vos religions ont voulu résoudre... Que sont-elles donc, vos religions,
sinon l'erreur de cerveaux bornés qui tentent
de se figurer l'Infini ?.. Elle sont illusoires,
vous en pouvez être certain ; mais ne les trai-
tez pas d'impostures... Bénis soient au contraire ceux qui les ont rêvées, et ont pris ensuite leurs rêves pour des révélations, et heureux mille fois ceux qui se repaissent de leur
opium bienfaisant !... Je ne puis vous expliquer ce que je sais à présent et ce que vous
ne comprendriez pas, le mystère de l'Être que
des mots ne peuvent traduire, qu'aucune des
images dont votre entendement dispose ne peut

représenter. Mais retenez ceci : les réalités
sont fugitives et mensongères, seuls les sentiments sont éternels. Votre corps et votre
œuvre passeront et s'éteindront dans le vide,
comme des souffles sur du cristal : rien de
ce que vous avez aimé, espéré, souffert, n'est
perdu. Les vibrations de votre âme cherchant
une âme s'en vont dans l'Infini, où elles
chantent éternellement. Et il n'y a pas, —comme nous le croyions aux heures d'ignorance
où nous disions tant de paroles vaines, — il
n'y a pas des sentiments, il n'y en a qu'un
seul, unique, universel, dont les autres sont
des parcelles, qui est en même temps l'Amour,
la Foi, la Pitié, qui se répand sur tous les
êtres, effleure même les choses, et monte jusqu'à ce que vous ne connaissez pas et nom-
mez Dieu... Ce sentiment qu'aveugles nous
cherchions en nous seuls, certains de vos
plus chers poètes l'ont pressenti, et il n'y a
qu'eux qui puissent, dans leur divin langage dont les formes échappent parfois
à vos sens trop grossiers, vous livrer quel-

que chose du secret éternel; pour le connaître, adressez-vous à eux et sachez les comprendre... Mais plutôt, chassez loin de vous la curiosité : elle devient toujours impie... Ne sachez pas et ne désirez pas savoir : savoir est la suprême duperie... Une heure de rêverie, sous le ciel libre, dans le silence de la nuit, vous en dira plus que des ans d'étude, et vous ne serez jamais plus près de la Vérité que lorsque vos Idées s'évaporeront en poudroiement inutile... Recueillez donc ces effluves de votre pensée comme les atômes impondérables d'un parfum précieux ; et soyez-en sûr, les vagues émotions qui vous gonflent le cœur, les fluides visions qui font passer devant vos yeux des objets sans forme, les insaisissables mélodies que bourdonne le silence, les idées dont vous sentez le vol passer au-dessus de vous, à l'abri de toutes vos formules, — voilà les vraies, les seules révélations de l'Infini... »

V

Paris, juin.

Il y a quelque chose de plus grand que l'amour, de plus pur que l'amitié, de plus solide que les rêves humanitaires, de plus accessible que la Foi, quelque chose pourtant de puissant et d'éternel, qui fait la chaleur du cœur, la bonté de l'âme, le charme de la vie, — et c'est ce sentiment délicat et profond : l'affection... Oh ! la douce attache, si solide et si chère !.. Tandis que la passion nous dupe, — ridicule d'ailleurs avec ses gestes, ses phrases, ses cris, tous ses dehors brutaux, — et après nous avoir tordus passe comme un malfaisant orage, l'affection augmente avec les années, comme un fruit lent à mûrir, qui garde pour l'extrême saison sa saveur et son parfum. Elle est à l'amour ce que l'indifférence est à la haine : et dans son calme supérieur, dans sa sérénité que rien n'ébranle, elle soutient, elle sourit, elle berce... C'est elle qui nous cuirasse pour la lutte qu'il faut combattre, et c'est elle qui nous apporte les mille petites joies dont s'éclaire la trame grise des jours... A peine ai-je senti qu'elle se glissait en moi : car elle n'a rien de violent et sait ménager ses conquêtes ; et maintenant, son souriant despotisme me mène où elle veut, sans que je cesse de la bénir...

Un miracle qu'elle a doucement accompli : je ne me fâche plus quand Bébé pleure... Mon Dieu, oui, ses cris, qui m'exaspéraient, m'affligent, et au lieu de me mettre en colère, je prends la chère petite sur mes genoux, je la distrais bien vite en lui montrant des riens, ou en lui racontant quelques belles histoires, qu'elle me répète après à sa manière, quand l'orage est passé... Tantôt, il s'agit de choses qu'elle a vues : ce sont les chèvres de là-bas, — les « petites cèvres » de la « grand'montagne »..., « grand'comme ça! » (elle lève ses petits bras aussi haut qu'elle peut...); c'est l'écureuil, « qui s'a-

muse avec ses pattes » ; ce sont les merles
du bois, qui se cachent dans les feuilles « a
cause des vilains hommes, pasqu'y leur fait
du mal ! » Tantôt, ce sont de merveilleux
contes, — l'histoire du petit Chaperon rouge,
surtout, qui fut dévoré par le méchant loup,
avec sa grand'maman. Et pour adoucir l'horreur de ce tragique dénouement, la mère a
eu cette idée charmante : le loup recracha
la grand'maman et le petit Chaperon rouge...
« pt..., comme bébé crace... » Oui, ces
petites choses nous font des moments délicieux, le soir surtout, dans le repos qui
vient, quand s'assoupissent les tracas du
jour dans la paix de la nuit qui commence. Des genoux de l'un aux genoux de
l'autre, elle finit par rester plus tard qu'il ne
faudrait. Et quand elle dort de son bon som
meil, de ce sommeil qui la prend sitôt
qu'elle a la tête sur l'oreiller, elle reste avec
nous encore ; nous parlons d'elle, nous répé-
tons ses mots, nous nous attendrissons en
pensant à sa vie...

... Et je me demande ce qu'on s'obstine à chercher plus loin. Et il me prend une envie immense de secouer à jamais les sottes questions qui me troublent, de laisser Dieu dormir dans son ciel et les hommes s'entre-dévorer sur la terre, et de m'en aller, avec les deux êtres qui sont mon tout, quelque part, n'importe où, dans une île du Sud où le climat est doux, où nous vieillirions loin du tumulte et du souci, dans une petite maison blanche, avec un jardin où croîtraient des palmiers et des cactus, jusqu'à ce que la mort nous sépare. Qui sait? Nous y deviendrions peut-être si vieux, si vieux, que la mort arriverait sans souffrance, se confondant avec le sommeil d'une belle nuit, et que le choc de celui qui survivrait suffirait à lui fermer les yeux... Quelle existence aurait valu la nôtre?.. Bébé serait longtemps bébé, et... Oui, mais quand elle ne le serait plus?...

Et voilà l'île qui s'enfuit, courant après les autres châteaux en Espagne que j'ai construits et qu'un souffle a renversés... Adieu les palmiers, les cactus et la maison blanche! Mais l'affection reste, n'est-ce pas assez?...

VI

... Que l'agonie soit rapide, ou lente, il y aura un déchirement de notre être, — puis nous tomberons dans un vide infini, sans forme, sans bruit, sans couleur, où rien ne troublera le silence absolu de nos sens.

A l'instant précis de cette chute, le monde entier s'écroulera avec nous : les images que nos yeux ont mirées, les sons qui ont vibré dans nos oreilles, et tous les parfums qui ont dilaté nos narines, et tous les corps que nos mains ont touchés, perdront leur réalité comme nous, et les contours des choses s'effaceront avec les nôtres.

En même temps encore, s'éteindront nos

chères pensées, les plus tristes et les plus hautes, nos sentiments si bien enracinés en nous
qu'ils étaient plus réels que des objets tangi-
bles, et se tairont les vivaces espérances
dont l'amical essaim nous entoure jusqu'à
la dernière heure, et s'envoleront les rêves,
les mystérieux rêves, dans les chimériques
régions qui nous les envoient.

Et les rêves, les espérances, les pensées et
les sentiments qui ont flotté dans notre air
sans que nous ayons su les enfermer dans
nos formules, resteront inexprimés à jamais.

Cependant les images enfuies se mireront
autrement dans d'autres yeux; les pensées
éteintes se rallumeront en autres lueurs dans
d'autres esprits, le joyeux essaim des espérances voltigeront autour d'autres fronts, les
sentiments jetteront dans d'autres cœurs
leurs tenaces racines; et nos rêves, nos pensées, nos espérances, nos sentiments, comme
s'ils n'avaient pas disparu avec nous, con-
tinueront leur existence irréelle, — spec-
trale floraison des cerveaux passagers...

Et vainement, je cherche à me représenter cet anéantissement de mon être ; vainement, je me figure le jeu du monde quand je
n'en serai plus l'axe ; vainement, j'appelle à
mon aide ces mots dont le sens est fixé, ces
mots affreux de mort et de néant, qui tra-
duisent avec une si redoutable précision la
« Chose » incompréhensible ; vainement,
je cherche à concevoir l'obscurité, le vide
et le silence noir où j'aurai disparu.

Mais je suis secoué d'un frisson de révolte, quand je parviens un instant à serrer
de près cette tyrannique idée : ma volonté,
tendue, raidie et crispée, se brisera contre l'Irrévocable, dont je ne pourrai choisir
l'heure, qu'il faudra subir sous la forme qu'il
lui plaira de prendre, et je recule d'horreur
quand je me représente ces « formes », — les
fièvres qui vous consument dans leurs feux
où dansent des fantômes, les consomptions
qui vous boivent le sang goutte à goutte, les
souffrances qui vous tordent, vous déforment
et vous font crier...

Cependant, pour que l'horreur soit complète, il faut que ces tortures aient un APRÈS, gardé par des incertitudes : on nous a trop dit que ce vide n'était qu'un abîme, un abîme à deux rives, en sorte que l'Au-delà se dresse et nous menace , redouté par nos lâches cœurs, — qui sait ? espéré peut-être, tant nous répugne cette totale destruction qui nous guette...

Ah! combien heureux les croyants, dans leur rêve innocent de Cité Sainte où de beaux anges blancs les attendent en agitant des palmes, sous l'éclat de soleils mystiques, dans la contemplation de Dieu !...

Et chaque jour, l'heure se rapproche... Nous la *voyons* venir ; elle plane et pèse sur nous ; et il suffit que notre pensée rencontre une de ses effluves, pour que périssent à l'instant nos joies brèves.

Pourquoi donc aimer, puisque le gouffre attend nos affections ? Hélas! au moment même où je sens la plus vivante tendresse, au moment où mon cœur s'élance vers un

des deux êtres chers qui rayonnent en moi,
l'angoissante obsession me les vole d'avance,
et je sens la fin qui les prend.

Et c'est toujours la Mort, qui dans toutes
les coupes jette sa goutte putride, qui se
cache dans toutes les fleurs et rit de son
hideux rire dans les sourires de tous les
yeux...

VII

Paris, novembre.

Si j'avais le loisir d'être philosophe, je ne
me contenterais pas d'un banal éclectisme,
et voudrais avoir mon petit système à moi.
Ne croyez pas que ce soit bien difficile : on
ramasse dans tous les domaines, de la
physique à l'histoire, des faits plus ou moins
authentiques; on les groupe en catégories
plus ou moins distinctes, qui vous per-
mettent de passer sans effort du particulier
au général et du général au particulier: on

analyse et synthétise; on saupoudre le tout des mots Substance et Mode, Nature et Humanité, Beau, Bien, Vrai, etc.; on remplit deux volumes in-octavo, et l'on a fondé sa doctrine. Voici, en beaucoup moins de pages, ce que serait la mienne :

Titre : La Philosophie de l'Illusion, ou l'Illusionisme. Je crois que je me déciderais pour l'*Illusionisme* . c'est plus système; cela augmenterait mes chances de devenir chef d'école.

Divisions : trois parties : 1° Critique; 2° Postulats; 3° Synthèse.

La *Critique* soumettrait à son examen, du tronc aux racines, les fondements de la Connaissance, de la Morale et de l'Esthétique. Rien de plus simple que d'en montrer la fragilité. Beaucoup l'ont fait, on peut le refaire sans cesse. Seulement, les dialecticiens ont toujours fini par trouver quelque échappatoire qui les sauve du nihilisme et par reconstruire tant bien que mal, sur les bases qu'ils venaient de saper, un édifice

exactement pareil à celui qu'ils ont renversé.
Je m'efforcerais d'être plus conséquent.
La Connaissance serait d'abord ramenée à
l'éternel problème de l'Idéalisme, dont les
scolastiques, gens honnêtes s'il en fût, ont
vu le nœud et en ont eu la spéculation para-
lysée, qui n'a jamais été résolu et reste in-
soluble, avec tous ses corollaires. L'Incertitude ainsi rétablie en dogme triomphant,
je parcourrais l'un après l'autre les grands
départements de la vie, et je montrerais
partout les difficultés tranchées par des
affirmations sans preuve, partout les prin-
cipes admis contradictoires à l'idée même
qui les a produits : en Religion, l'anthro-
pomorphisme, si décrié par les théologiens,
régnant, mal caché par un spiritualisme de
fabrique, sur toute la théodicée chrétienne ;
en Morale, l'idée du Bien et celle du Devoir
dépouillées par des artifices de toutes les
contingences qui leur donnent un sens, et
admises seulement après avoir été simplifiées
et faussées ; en Politique, les sacrifices ac-

complis en vain à l'idée de Justice, toujours
invoquée et toujours violée; en Art, la vanité des querelles engagées autour d'une
conception du Beau, qui change selon les
temps et les lieux. Tout cela serait serré,
logique, définitif, irréfutable...

Cependant — et voici d'où partirait la se-
conde partie, — la critique a beau détruire,
ces idées que nous avons acceptées comme
bases de notre existence sans qu'aucune philosophie ait jamais pu même les définir, existent.
Leur réalité, qui déconcerte notre raison,
s'affirme dans tous nos actes, dans les mots
que nous employons pour les traduire, dans
l'effort continu de l'humanité pour leur donner un sens. Nulle existence individuelle
ne serait possible, si l'on admettait que, les
fondements de la Morale étant introuvables,
il n'y a pas de Morale; nulle existence
nationale, si l'on supprimait, comme le
raisonnement nous en donnerait le droit, l'i-
dée de patrie, celle de loi, celle de gouver-
nement; nulle existence collective, si les

hommes voulaient agir en dehors des données
dont leur critique leur montre l'inanité. Et
l'absence de religion, qui paraît devoir être
bientôt acceptée par les sociétés modernes,
creuse en elles un vide dont les moins fer-
vents, s'il sont sages, s'inquiètent à juste
titre. De plus, une bizarre contradiction, si l'on sait l'apprécier, éclaire ces
questions d'un jour nouveau : si la critique parvient à ébranler les Absolus *po-
sitifs* sans que l'expérience lui donne un
démenti trop formel, il n'en est pas de
même quand elle s'attaque aux Absolus
négatifs : nous pouvons constater que le Bien
n'existe pas, puisque l'idéal moral varie de
siècle en siècle ; mais nous ne pouvons nier
l'existence du Mal, parce qu'il sait se prouver lui-même ; pour la même raison, nous
pouvons nier le Beau, mais le Laid nous
offusque trop pour se laisser méconnaî-
tre ; et si le Vrai nous échappe, nous com-
mettons chaque jour assez de visibles erreurs
pour savoir ce que c'est que le Faux......

En somme, entre les philosophes et les
législateurs, les uns niant, les autres affir-
mant, il se trouve que si les premiers ont
raison en théorie, les seconds ont raison
en pratique : la pratique est donc en irréconciliable opposition avec la Théorie, et
ceux-là sont les bienfaiteurs de l'humanité
qui la trompent, fût-ce à leur profit. La
contradiction constatée dans chacun des
grands départements où elle règne se retrouve
dans l'ensemble de la vie, comme un défi
suprême jeté à notre Raison. Impossible de
l'éviter : ou bien écoutez la critique, et de-
venez des sceptiques désemparés qui, à moins
de passer pour des criminels ou des fous,
seront forcés d'être inconséquents avec eux-
mêmes ; ou bien acceptez comme vérité le
mensonge éternel que vous avez reconnu...

Jusque-là, rien de plus facile : sans aucune autre peine que celle de l'érudition, on
pourrait appuyer ces vues par un nombre
infini de faits puisés dans l'histoire et dans la
science, et constatés déjà par tous les philo-

sophes. Les difficultés commenceraient à la troisième partie.

Il s'agit en effet de concilier toutes les antinomies particulières et l'antinomie universelle. Comment accomplirons-nous de sang-froid l'acte de renonciation à notre critique qu'ont héroïquement accompli les législateurs et les apôtres, et qu'accomplit platement tous les jours le commun troupeau des hommes, pour pouvoir vaquer, l'esprit tranquille, à leurs occupations? Et si nous ne l'accomplissons pas, comment sortir du cercle vicieux?

Ici interviendrait ce que je nommerais probablement la *Théorie du Dilettantisme.* Cette fois, la science ne me fournirait aucune donnée; mais l'histoire, quelques unes. Il y a eu en effet des hommes qui ont choisi pour leviers les idées mêmes dont leur intelligence avait fait la critique la plus aiguë, et qui, les acceptant pour ce qu'on croit communément qu'elles sont, en ont joué en merveilleux virtuoses : Lycurgue ne croyait

certainement pas que ses lois eussent d'autre fondement que leur utilité pour sa ville;
Mahomet n'était pas un croyant; Napoléon
n'aimait ni son pays ni ses soldats. Et pourtant, Lycurgue a fait la grandeur de Sparte
en lui imposant ses lois, Mahomet celle de
l'islam en imposant la foi qu'il n'avait pas lui-
même, Napoléon a réalisé l'épopée de son
règne en excitant le patriotisme et en se
faisant aimer de son armée. On pourrait
multiplier les faits analogues et les assai-
sonner des développements nécessaires à
remplir un nombre de pages convenable, et
tirer de l'ensemble la double conclusion
suivante, contradictoire comme tout ce qui
existe :

1° La critique est fondée : quelque décon-
certante qu'elle soit, elle n'est point perni-
cieuse, à condition qu'elle ne sorte pas de
son domaine, celui du raisonnement pur;

2° Toutefois, jusqu'à ce qu'on ait trouvé
n'importe où un moyen de réconcilier les
résultats négatifs du travail de la critique

avec les postulats qu'ont déposés en nous
les faits de l'existence de notre race et de
notre individualité, il convient d'agir comme
si la critique n'était pas fondée, et, tout en
reconnaissant son importance, de nous laisser guider par les imposteurs... . . . . .

. . . .

... Un traité de philosophie convien-
drait-il réellement à développer cette thèse
féconde?.. Un gros volume in-octavo, écrit
en style du métier, ne serait-il pas condamné
à l'impopularité et fatalement inefficace?..
Non : quand on possède de si précieuses
vérités, il faut les mettre à portée de tous,
il faut les couler dans le moule le plus accessible. L'idéal serait donc de faire un
drame; mais, comme un drame qui n'est
pas joué est plus inefficace encore qu'un
traité qui n'est pas lu, j'écrirai plutôt un
roman.

On y verrait un héros orné de tout ce qu'il
faut pour plaire : beau, jeune, élégant, brillant, courageux, etc., etc. Au début, ce per-

sonnage part pour la vie avec toutes ses illusions. Elles tombent de page en page : il
est trompé par sa maîtresse, malmené par
ses amis, joué par des gens d'églises, dupé par
des gens de loi, volé par des gens de bien.
Les aiguillons éveillent sa critique, qui commence à le travailler : et bientôt, plus cruel
encore pour lui-même que les circonstances, il
se plait à s'entourer de ruines : il reconnaît le
néant de tout ce qu'il a cru ; la foi, qui l'avait
soutenu sous des formes diverses, s'écroule ;
sa volonté se détend, son intelligence s'af-
fadit, il n'est plus qu'une épave flottant au
gré des vents contraires. Entre temps, il a
mené une existence aventureuse, favorable
aux avatars dont le récit pourrait être fort
piquant ; il a commencé par la théologie,
qui lui avait paru la science des sciences
et qui cesse bientôt de le satisfaire ; las de
la pratiquer sans y croire, il la quitte pour
la politique où il pense à la fois trouver
plus d'espace pour le déploiement de ses fa
cultés et faire du bien aux hommes qu'il

s'obstine à aimer malgré les déceptions qu'ils
lui ont causées. La politique le conduit au
journalisme, qu'il prend pour un sacerdoce.
Ses yeux s'ouvrent après quelques expériences, et il passe au socialisme ; il fréquente
les assemblées, prononce des discours, joue
un rôle dans une émeute, empêche l'effusion
du sang, et croit fermement que les théories
dont il s'est institué l'apôtre avanceraient
le règne de la Justice, détruiraient le pau-
périsme, feraient le bonheur des prolétaires
et seraient acceptées avec reconnaissance
par les classes dirigeantes ; mais en arrivant
au ministère, il reconnaît qu'elles sont impra-
ticables, et se déshonore par une éclatante
apostasie ; en sorte qu'on lui reproche
de vilipender les fonds secrets. Jusqu'alors
cependant il n'a songé qu'au bien des autres,
car il est sincère et naïf ; mais son ambition
s'est aiguisée, et le souci de ses intérêts
lui vient avec l'âge : renonçant donc aux
grandes idées, il se jette dans les grandes
entreprises. Grâce à sa haute situation, à

son habileté, à ses connaissances, dont il
s'est décidé à user sans le moindre scrupule,
il devient immensément riche ; le monde est
à lui, il le mène au gré de ses caprices, il en
tire toujours de nouveaux trésors comme
d'une mine inépuisable ; en sorte qu'après
avoir été bafoué par les journaux, calomnié
par les orateurs populaires et méprisé par
les gens du monde quand il se dévouait loyalement au bien de tous, il acquiert l'estime
universelle pour avoir réalisé le sien exclu-
sif par les moyens les plus malhonnêtes.
Cependant, sa concience ne s'est pas tout à
fait endormie : elle lui enjoint de donner aux
hommes une petite part du superflu qu'il a volé
sur leur nécessaire. Il l'écoute, et s'adonne
à la philantrophie : il fonde des « œuvres »,
il fait des aumônes, il préside des comités
de bienfaisance, et perd ainsi le peu d'illusions qui lui restent. Alors, ayant touché du
doigt toutes les parois de l'abîme où nous
sommes plongés, il y tâtonne en éperdu.
Dans ses palais, le désespoir le poursuit, car

pour lui, homme d'action, de caractère et d'énergie, les idées qu'il a trouvées en résidu au fond de toutes ses expériences ne sont pas des jouets, mais des aiguillons qui entrent dans sa chair et l'excitent à reprendre encore sa chasse à l'Impossible. N'ayant plus de but positif à poursuivre, il cherche l'oubli : il se jette dans d'énormes débauches qui ne peuvent le distraire, il devient alcoolique et morphinomane. Sa santé de fer résiste à tout et, après ses orgies ou ses ivresses, comme autrefois après ses discours ou ses coups de bourse, il se retrouve toujours obstinément lui-même, l'esprit tendu en curiosités inquiètes, l'âme ouverte à des désirs nouveaux. A la fin, il reprendrait sa robe de prêtre, et s'en irait prêcher un dieu auquel il ne croirait plus dans quelque village ignoré.

. . . .

. . . . . . Ou plutôt je n'écrirai ni roman, ni traité, et je crois que cela vaudra mieux...

VIII

Paris, janvier...

Je ne sais quelle suggestion de hasard
m'a fait entrer aujourd'hui à Saint-Sulpice,
pendant la grand'messe. Depuis combien de
temps n'avais-je passé le seuil d'une église
que pour des mariages ou des enterrements
où mille préoccupations étrangères vous
suivent ?...

Ce culte est vraiment un beau spectacle,
qui ne s'impose pas seulement par la magnificence du décor et la pompe de la cérémonie, mais par le monde d'idées dont
vous y êtes assailli, par la parcelle d'Infini
qui soudain se révèle à vous. Les cierges,
l'encens, la grande voix de l'orgue, les chants
du chœur et la psalmodie du prêtre répandent dans votre âme un trouble qu'augmente
encore la foi contagieuse de la foule agenouil-
lée... Entré en indifférent, curieux de renou-
veler une impression oubliée, je l'ai trouvée

20

plus forte que je n'aurais cru, et tout autre :
ce fut d'abord comme un effroi mystérieux
qui se changeait en étourdissement, un vertige confondant les têtes, une exaltation qui
montait avec les cantiques ; puis, le vertige
et l'effroi tombèrent, les têtes cessèrent de
tourner, et il me sembla qu'au lieu d'osciller
comme battu par des vents contraires, je
me trouvais sur un point fixe, sur un abri
d'une solide certitude... Autour, roule le
monde, avec ses chimères, ses caprices, ses
tempêtes : la puissance des États s'effrite
comme de vieux murs, les formes des sociétés changent, les grands hommes disparaissent dans l'oubli ou les révolutions renver-
sent leurs statues, la violence défait l'œuvre
de la violence dans une incessante suc-
cession de fins et de renouvellements; seule,
l'Église reste debout, immuable, — fixée par
la volonté des hommes ou de Dieu, qu'importe ?.. — triomphant à la fin de tous ses
ennemis, étendant sans cesse les confins de
son règne, absorbant tôt ou tard dans son

vaste sein les plus intrépides révoltes. Elle
a vaincu les schismes, les hérésies, l'incré-
dulité; elle a vaincu jusqu'aux germes pu-
trides qui la décomposaient; les empires se
sout abattus devant elle, elle a soumis les
peuples qui l'injuriaient, elle brave la science
dont tous les relatifs viennent se briser
contre son absolu. Elle est le centre d'un
tourbillon, immobile pendant que voltigent
les atômes. Et il suffit d'entrer un instant
dans son cercle d'action pour échapper au
cyclone qui valse et brise et détruit.

Elle est immobile et tout passe : c'est là
ce que chante la voix solennelle de l'orgue,
c'est la vérité qu'inscrivent en lettres de feu
les cierges étoilant l'ombre... Je le sais, et
j'entends cependant gronder au dehors le murmure assourdi du monde qui va me reprendre,
et je jouis avec des sens multipliés de cette minute de foi, — halte du juif-errant ou répit du
coupable... Oh ! je voudrais savoir ce qu'on
chante, je voudrais me perdre dans le sens
des prières, je voudrais balbutier les mêmes

mots qui volent de toutes ces lèvres... Hélas !
je n'ai pas de livre de messe, je ne sais plus
le doux latin qu'on y lit, il faut que je trouve
en moi-même tous les accents de mon cantique, — et voici que mon cœur monte avec
ceux des fidèles, et voici les paroles qu'il
mêle au chœur unanime des actions de
grâce :

« O Dieu ! soyez loué !..

« Mauvais est à coup sûr le monde que
vous avez fait, et triste le sort que vous
nous avez donné.

« Nous cheminons parmi des broussailles,
nous déchirons nos pieds à des rocs aigus.

« Des abîmes nous entourent, leur vide
nous attire, des obstacles hérissent les sentiers qui les longent : nous sommes les pè-
lerins du val de l'Ombre de la Mort...

« Notre cœur est un serpent qui se dévore, notre âme une vapeur que les vents
disloquent.

« Nous savons l'angoisse des jours obscurs et l'horreur des nuits qui recommencent.

« Rien n'est pire que cette vie dont vous nous avez fait don, sinon la mort qui la termine par un effet de votre sainte volonté.

« En sorte qu'après avoir répandu des larmes de sel tous les jours où nous avons vécu, il nous faut, à la dernière heure, comme le juste au jardin des Olives, répandre des larmes de sang.

« Néanmoins, soyez loué, Seigneur !

« Soyez loué, car peut-être cette vie, horrible comme vous l'avez faite, est-elle une volupté en regard du non-être !...

« Soyez loué, car vous avez daigné adoucir de place en place les rigueurs de la route !

« Soyez loué pour les fleurs qui se balancent aux fentes des rochers et pour les oiseaux qui chantent dans les arbres !

« Soyez loué pour le soleil d'affection qu'il vous a plu d'allumer en nous-mêmes !

« Soyez loué pour les sourires du printemps et des jours clairs !

« Soyez loué pour avoir fait la neige
blanche, les prés verts et le ciel bleu !

« Soyez loué pour avoir fait l'amitié quelquefois fidèle et l'amour quelquefois heureux !

« Soyez loué, Seigneur !...

« Et puis, voici se dessiner une lueur au
fond de lointains horizons :

« Un coin de nos ténèbres se fendent, et
nous apercevons quelque chose de vous...

« Est-ce un rayon ? Est-ce un sourire ?
Est-ce un regard ? Nous ne savons...

« Vous êtes trop loin, vous êtes trop
haut, trop d'espace nous sépare de vous,
votre Infini n'est pas accessible à nos pieds
mortels...

« Et pourtant, cette lueur entrevue, —
flamme qui ne nous réchauffera jamais, —
nous a remplis de joie...

« Et il suffit que cet éclair ait un instant

brillé pour que nous conservions en nous
votre éclatante image.

« Seigneur, soyez loué !...

« Mais si les espérances que vous avez
ainsi allumées sont vaines, soyez loué, Seigneur !

« Soyez loué de nous avoir trompés au
lieu de nous révéler l'horreur de la vérité !

« Soyez loué pour la pensée d'Éternité
que vous avez fait miroiter devant nous
comme le plus heureux mirage qui jamais
renouvela les forces de caravanes épuisées !

« Soyez loué pour l'idée du Divin qui s'é-
panouit en nous comme la plus belle fleur
de notre intelligence !

« Soyez loué pour les saintes illusions
qui se transmettent de race en race et de
siècle en siècle !

« Soyez loué, enfin, parce que nos âmes
peuvent se confondre dans une âme universelle, aimante et sublime, qui, en cette
heure bénie, chante votre gloire.

« Seigneur, soyez loué !... »

Tel fut mon cantique, — cantique d'a-
thée, — qui s'envola pourtant sur les ailes
des chants pieux...

. . . .

..... Cependant, la foule s'écoulait aux
grondements de l'orgue déchaîné en *alle-
luias* magnifiques. L'église vide semblait un
monde, et ses voûtes étaient comme un ciel
infini. Quelques fidèles allaient s'agenouiller
dans les confessionnaux et l'on voyait glisser
des ombres blanches de prêtres. Je m'attar-
dais à chercher Dieu au pied des piliers de sa
maison, je rêvais d'orienter ma route vers
le port accessible à tous les navires, je songeais à l'acte de volonté qu'il suffit d'accomplir pour qu'aussitôt la proue fende les flots
dans la direction vraie. Il fallait seulement
chasser les derniers doutes, il fallait substi-
tuer à mon cantique impie quelqu'une de
ces humbles prières que la Foi murmure de
ses lèvres d'enfant. Je sentais l'heure déci-

sive, comme celle où Paul fut frappé sur le
chemin de Damas; et, dans un double effort
pour faire jaillir de ma mémoire les formules perdues et pour secouer de ma pensée
le joug de l'esprit qui nie, je me mis à murmurer — des lèvres, hélas ! des lèvres seulement :

« Notre père qui êtes aux cieux !... »

FIN.

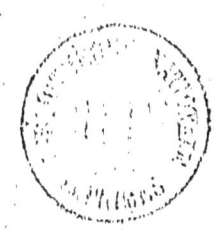

TABLE

E. GREVIN — IMPRIMERIE DE LAGNY — 1926.

www.ingramcontent.com/pod-product-compliance
Lightning Source LLC
Chambersburg PA
CBHW070214030726
47505CB00006B/1679